Sisters...
No Way!

做姐妹？没门！

阿希苓的日记

【爱尔兰】西沃恩·帕金森 著
郦青 译

人民文学出版社

著作权合同登记：图字 01-2011-7663 号

Siobhan Parkinson
SISTERS... NO WAY!

图书在版编目(CIP)数据

做姐妹？没门！/(爱尔兰)帕金森著；徐蔚译.
—北京：人民文学出版社，2012
ISBN 978-7-02-009302-1

Ⅰ.①做… Ⅱ.①帕… ②徐… Ⅲ.①日记体小说-爱尔兰-现代 Ⅳ.①I562.45

中国版本图书馆 CIP 数据核字(2012)第 149828 号

特约策划：潘丽萍
责任编辑：曾少美
封面设计：李 佳

出版发行	人民文学出版社
社　　址	北京市朝内大街 166 号
邮政编码	100705
网　　址	http://www.rw-cn.com
印　　制	山东德州新华印务有限责任公司
经　　销	全国新华书店等
字　　数	200 千字
开　　本	890×1240 毫米 1/32
印　　张	7.25
版　　次	2012 年 8 月北京第 1 版
印　　次	2012 年 8 月第 1 次印刷
书　　号	978-7-02-009302-1
定　　价	25.00 元

阿希苓的日记

要是阿希苓的妈妈能找到一个“好”男人就好了——但出现在她妈妈生活中的这个男人居然带着一个名叫辛迪的女儿，她固执己见、自以为是。阿希苓努力表现得友善和大度，但当一个人自己都身处水深火热之中时，这可不是件容易的事。男朋友鲍勃让事情变得复杂，更别提可怕的辛迪引起的那一场闹剧。她的妹妹阿尔娃只想阻止这一切——为什么她们不能再回到从前了呢？她们永远也不会接受辛迪……没门！

郦　青

浙江工商大学外国语学院

四月二日　星期三

每年愚人节那天，加文过生日，我们总会笑话他，虽然这并没带给我们多少开心和安慰。加文是个挺好的孩子，虽然他的出生，他的存在，就像给我们的命运贴上了封条。可这不是他的错。我们给他送了张卡片。我们每年都会送他一张卡片。不管怎样，这已是定局。我说的不是那张还要付四便士邮资才能寄出去的卡片，而是我们的命运已经定格。加文没出生前，阿尔娃还在绝望的边缘抱着一丝希望。如今连她也渐渐明白了这个道理：从今往后，所谓的幸福生活永远地与我们断绝了关系。

所以阿尔娃晚上常常会哭，她昨晚就哭了。平常她总开着门睡觉；想哭的时候，就会悄悄地爬下床，把门关上。这事让我很揪心。我听着她窸窸窣窣地下了床，蹑手蹑脚地走到门边，咔哒一声轻轻地把门锁上。大概是因为门关着，我听不到她上床的声音，但过不了几分钟，隔墙就能听到她隐隐的哭声。她哭得很有节奏，每一声喘息都差不多时间出来。我局促不安地躺在自己的房间里，听着她在隔壁哭。我不敢过去，知道她会不好意思，要不然她也用不着关门了。

我的心都要碎了，却只能躺在那里静静地听她哭，等着她迷迷糊糊地睡去。听着哭声越来越稀长，我就知道她已经哭困了，一会儿就会停。

这样持续了四年。刚开始的时候情况更糟，那时阿尔娃才九岁。一开始，她是歇斯底里地又哭又叫，想让妈妈陪她，可后来，她只是悄无声息地流泪，我想，她是想以此来惩罚妈妈，让她觉得内心有愧。阿尔娃有时可有不少鬼主意，我倒没觉得她过分。九岁就失去了爸爸，的确会伤心难过，让人觉得没个依靠。

当然了，我也没了爸爸，不过我比她大些。其实我也没大多少——有人说，十二岁这个年纪更糟糕——不过我十二岁时好像挺懂事的，何况那时爸爸并不宠我。阿尔娃从小不点儿的时候就崇拜爸爸。记得她那时常坐在高椅上，只要爸爸晚上一回家，她全身就像通了电似的，兴奋地舞着她的小胖手和小胖腿。

如果妈妈在给她喂水，只要爸爸一出现，阿尔娃就会不耐烦地把汤匙推到一边，小手指像海星似的张开着。记得有一次，阿尔娃把婴儿米粉全洒在妈妈衣服上了。谁也奈何不了她，爸爸只好放下公文包，过来亲自喂她吃。爸爸会跟她玩些小游戏，把饭勺举得远远的，不让她够到。阿尔娃总是兴奋得哈哈大笑，情不自禁地敲打着那把高椅上的横档，这时爸爸就会飞快地把米粉塞到她那大张着的粉嘟嘟的小嘴里，每喂一勺，爸爸就会用飞机、汽车或自行车等不同物体发出的响声，来逗她开心。

等到水也喂完了，爸爸就会把她从高椅中抱出来，高高地抛向天花板。妈妈总担心，这会让阿尔娃把吃的给吐出来，可她从来没吐过。相反，阿尔娃老是会吐妈妈一身，而在爸爸那儿，她连口水都不流一滴。每当这个时候，我总自个儿坐在角落里，看着他们。我有一张属于自己的小桌子，本来是一张老旧的书桌，吃饭、玩乐都在那上面。过一会儿，怕是记起我来了，爸爸会走过来，拿手拍拍我的头，说些好听而又不着边际的话，而妹妹此时正夹在他胳膊下，兴奋地扭动着身子。我总是不说话，严肃地看着他，继续切我的法式面包。有时妈妈会坐到我边上，蹲下来问我要不要果酱。我喜欢妈妈这样问我。这样的问题是跟我有关的，而且我能答上来。可爸爸总是问，不知爸爸的小乖乖今天在幼儿园学了些什么呀？

千万别以为我跟妈妈是一派，爸爸跟阿尔娃是另一派。不是这样的。我也爱爸爸，只是阿尔娃和爸爸特别亲近。爸爸以前老带阿尔娃去钓鱼。我并不是小气，爸爸也邀请过我很多次，但我害怕看到鱼死掉。我觉得我更害怕去想，鱼本来是不会死的，是爸爸不得不把鱼杀死了。想到这一点，我就更怕了，我可不想看爸爸杀鱼。阿尔娃用不着看爸爸杀鱼，她会自己动手。她说，只要抓住鱼尾巴，将鱼头使劲往地上摔就行了。可是我很难想象抓鱼尾巴的感觉，它们滑溜溜、黏糊糊的，很难抓紧啊，而且手上会带着一股难闻的鱼腥味。我总是跟妈妈一起待在家里，给鱼上一些调料。有时我们只加盐、辣椒和面粉，有时会做得复杂些，用鸡蛋和面包糠做调料。有那么一两次我们还用玉米片呢。先把玉米片放在一个塑料袋里，然后拿擀面杖把玉米片压碎。我喜欢那种感觉，擀面杖在塑料袋上来回碾，玉米片发出嘎吱嘎吱的声响，但我不喜欢那味儿。鱼和玉米片混在一起，总觉得怪怪的。

每次我们从爸爸那儿回来的那些晚上，阿尔娃总要哭到睡着为止。我们会时不时地去爸爸家。小时候我们总是每隔一个周末去一次，后来是每个月去一次，现在嘛，只是象征性地去一下，一年也就两三次吧。我们跟爸爸在一块儿时，爸爸老喜欢拿我们向别人炫耀。他会带我们到各处走走，一碰到认识的人，就跟人家说，这是我的两个女儿，和前妻生的。

我可不喜欢做他前妻的女儿。感觉爸爸的意思好像是说，因为我们是他前妻的女儿，所以他才只是时不时地看到我们。我只是不喜欢，阿尔娃却是难以忍受。她原来是爸爸的生命之光，他的掌上明珠，他漂亮的公主和可爱的天使，如今却变成了爸爸前妻的一个女儿而已。这简直要了她的命。所以每次从爸爸家回来，她就连着几个晚上哭个没完。以前她动不动就说到爸爸，现在却再也不提了。以前她总是有很多想法，满脑子都是一些富有戏剧性的情节：她是剧中的明星，爸爸呢，是男主人公。等到设计好了情节，她就会把故事讲给我听，就像是在描述一部她看过的电影一样。不管情节怎么变，反正结局都一样：最后爸爸回了家，和妈妈又结了婚，从此生活像以前一样幸福。当然，这样的事完全没有发生，因为这是不可能的。可那时阿尔娃还不懂，她才九岁。这以后她就不这样了，尤其是在加文出生以后。

四月四日　星期五

这个周末，我和阿尔娃要粉刷卧室。我说，今年复活节我不买彩蛋，改买涂料了。我想让她开心点。

昨天,我让妈妈先把我们带到了自助材料店,然后她心神不定地坐车走了。有一次她一进超市就恍恍惚惚的,我也不知道为什么。我们选了涂料,是一种很淡、很淡的粉色,淡得几乎跟白色差不多。

最让人开心的是,这种涂料在做特价促销活动,我们没花多少钱。我喜欢买便宜的东西。钱对我们家来说可是个大问题。妈妈打的是份临时工。有些工作吧,不做全职也不错,只要用心,拿一半工资也能应付生活,还可以少交税。可妈妈是教师,也就是说,放暑假的时候,她有整整三个月拿不到工资,加上还有其他节假日,所以我们家手头一直很紧。

我们的学费是爸爸付的。在我们家所有的开支中,除了我们的学费,爸爸还付一半的贷款。他说,他不赞成我们上女子学校。而我们这个地方唯一的一所男女混校是要缴纳学费的,但爸爸还是坚持我们去那里读书。我觉得男女生是不是同校没那么重要,爸爸只是要面子而已。不过我挺喜欢我们学校的,所以也就没说什么。家里最大的开销也就是学费了。至于别的时候要用多少钱,该买什么,不该买什么,我们总是精打细算。

这些事由我帮妈妈做,她对数字没什么概念。当然了,是我们俩一起做。把各项开支加起来,发现还有点余钱,那时心里就特别高兴。我让妈妈尽量用信用卡买东西,身边只放零钱,用来支付牛奶、面包和报纸等必需品的费用。对于预算之外的东西,比如那些很贵的杂志、心血来潮时特别想吃的外卖食品,一律不买。怕有急用,我们在一个通心粉罐子里放了一张五镑大钞,就是那种瓶颈很长的罐子。所以除非真的很需要用钱,否则要把钱拿出来还真不容易。

四月八日　星期二

阿尔娃很喜欢她的卧室。星期天我们刚刷完，她就浑身脏兮兮地给了我一个大大的拥抱，亲了又亲，弄得我都要透不过气来了。她还一个劲地说，她的姐姐是世界上最最好的姐姐，她的卧室是世界上最最漂亮的卧室。房间真的很不错，粉色不是很浓，呈现出柔柔的玫瑰色光泽。阿尔娃把她原先贴在墙上的一些花花绿绿的海报啦、偶像照啦、卡片啦，统统撕了下来。她说这些东西太过破旧，跟她漂亮的卧室不相配。于是，她出去买了一大张亮晶晶的“男孩地带”乐队的彩印照，用大头针恭恭敬敬地粘贴在墙上。我和妈妈只好给她当参谋。她一边贴，一边一个劲地问我们，是不是贴在正中间啦，门帘一掀是不是就看得到啦。那一会儿她就想，要是爸爸的水平仪在就好了，她可以把照片贴得更加平整。爸爸把所有的工具都带走了，够小气的。家里连个榔头和钳子都没有。

阿尔娃终于把照片贴好了，心满意足。我和妈妈只好站在那儿欣赏一番，不时悄悄地拿胳膊互相碰碰对方，极其配合地跟她说，照片上的这些男孩简直是完美的男性形象。这下好了，他们就像马太、马可、路加和约翰一样，每天都祝福着她，跟她互道晚安，露着一排排洁白的牙齿整晚对着她笑。如果你还不到十四岁，恐怕你也会觉得他们长得确实很好看。

真希望逗妈妈开心也能这样容易。爸爸走后她就变了，我知道这没办法，但她也该忘掉过去，开始新的生活了。这对我们大家都好。我告诉妈妈，我们会慢慢好起来的，该怎样就怎样，毕业，找工作，可能接着会结婚，可她不能对这件事一直耿耿于怀、难以自拔。我还跟妈妈说，她该去参加一些单身派对，找个能对她好的男人。我说这些话的时候，妈妈只是笑。我想，她认为这世上根本就没什么好男人吧。事实并非如此啊。就说鲍勃吧，人很好，长得也不错。

让妈妈在工作中遇到什么中意的人，恐怕也不大可能。她在一个修女院教书。事实上，她也不怎么教课。她主要做些指导性的咨询工作，多是一对一的指导，每周也就上那么几个小时的课。妈妈说她非常愿意帮助别人，给予别人一些就业指导，尤其对那些家里有难处的女孩，她心里特别同情她们，她愿意力所能及地帮助她们。我想，她并不知道阿尔娃晚上经常是哭着哭着才睡着的。妈妈对工作抱有极大的热情，也很认真，她一直在读一些有关自我发展的美国教材。我对所谓的自我发展一直将信将疑。我总觉得那跟自私没多大差别，可妈妈觉得很有意思，因为她考虑的并不是她自身的发展，她关心的是“她的”那些女生们怎么样才能长大成人。

妈妈所在的那个学校全是女生，学校里总共只有两个男老师，都是二十二岁，对妈妈来说可不是理想的人选，而且学校的工作也没那些电台、出版社的工作那样有吸引力。我觉得那些单位里的中年男子肯定又风趣、又善良，那才是妈妈需要找的人。

四月十七日　星期四

妈妈今天特别心神不定。今天轮到我做饭。我们轮流做饭，每人每周做两次，没轮到做饭的就洗碗。我们也只是吃那些又简单、又方便、又便宜的东西，比如面条啦、炒鸡蛋啦、蔬菜浓汤啦，要不就是香肠配土豆泥。星期天的午餐会稍微正规一些，常常是三个人一起做的，我们称之为联合大餐行动。但也只是说说而已。所谓的大餐，是因为这是一周中唯一一顿有肉的，又是我们一起做的，仅此而已。

星期天都是我和阿尔娃洗碗，让妈妈休息一天。阿尔娃对此牢骚满腹，觉得自己每个星期天都站在水槽边又洗又刷的。对这件事，我一直坚持着没松口。妈妈比我们更需要休息，学校和其他所有的事情够她忙的了。然而阿尔娃并没有真正理解，她只觉得她的生活是最最辛苦的，而且她居然争辩说，妈妈在学校又不做全职，可我们要全天读书，所以我们才应该放假，而不应该在星期天做那些洗洗刷刷的活儿。我有时真担心，不知阿尔娃长大后会不会成为一个对他人没有同情心的人。如果她真变成那样的话，我觉得那得怪爸爸。

还是回头说说妈妈吧。她进厨房那会儿，我刚要把一个蛋饼放到烤箱里去。她一屁股坐在椅子上，什么也没说。看来她今天心事很重。以往妈妈总会使劲地吸两下鼻子，猜猜我在做什么，要不就过来帮我一把。有几次轮到阿尔娃做饭，我会强迫妈妈离开灶台，硬拖着她坐在餐桌边。阿尔娃已经不是小孩了，她有能力做好自己的事，她只是懒，所以乐得别人帮她做。

我问妈妈什么事让她这么烦心。她只说学校里有个女生，是那种按妈妈的话来说“特让人担心”的孩子。妈妈对她所指导的学生总是谨慎小心，她把她们称为客户。她不只是做口头上的指导。我问她，那个女生是否受到了虐待。妈妈说，不是那回事。那个女孩的亲人死了，行为变得很叛逆，与学校老师吵得很凶，耍各种手段吸引别人的注意力，诸如此类的一些事。不管怎样，真够可怜的。妈妈总把这些事放在心上。对她那些学生来说，我觉得她真的是一个很好的辅导员。可有时这样会累着她的。她太善良了，从不为自己想想。

四月二十二日　星期二

昨天妈妈打了很长时间的电话，让我感觉有点烦躁，因为我要练琴，可旁边有人打电话我就没法练了。我拉低音提琴，每次我一练琴，就感觉整栋房子都在震动似的。我们常常得跟邻居们说对不起。我们住的是那种半独立式的房子，隔音效果不是很好。说好了，我只在晚上五点到六点之间练琴。阿尔娃吹长笛，长笛的声音没人在意，不管几点吹，都没关系。阿尔娃总是这样，她做任何事，别人都不会说她什么。而我呢，做事一向小心翼翼，生怕得罪了别人，要尽力缓和各种矛盾。有时我真希望能和别人换一换，我来做那个最小的。

总之，昨天我刚抬起手来要练琴，妈妈就开始打电话，打了很久很久。我等啊等啊，一直等到她挂了电话。接着，我练了大约十五分钟，就听到厨房的电话铃响了。我只好停下来。这应该是一个很重要的电话，大概是学校里有什么事吧。

五月一日　星期四

昨晚妈妈出门去了。不是周末，她一般都不出门。她说学校里有个家长会。五月份应该没什么家长会啊，可妈妈说这是她为某个家长专门安排的。她对这份工作实在是太卖力了。

鲍勃来我家庆祝五月节，他对那些异教徒节日很感兴趣。我得解释一下，鲍勃是我的男朋友。他妈妈叫他罗伯特，我叫他鲍勃。听起来像是个乳名，但现在妈妈、阿尔娃和我所有的朋友都这么称呼他。他上六年级，我跟他交往好几个月了。他很帅，我跟他在一起很开心。他个儿很高，长得轮廓分明。我想，那是他长了个高贵的鼻子和宽额头的缘故。妈妈觉得他不够文雅，因为他会喝酒。我跟妈妈说，六年级的学生都会喝酒，女生也喝。更何况他只喝啤酒，也不常喝醉，而且他不抽烟。"抽烟！"每次我提到这个词，妈妈就会大声嚷嚷。我说的是烟，可在妈妈听起来，感觉我们像是在说海洛因，好像我跟吸毒的人在交朋友似的！平心而论，有时我会尽量去理解妈妈，而妈妈也会努力地来理解我。我说鲍勃他不抽烟，但只要我提到"烟"这个字，妈妈就疑虑重重。她的保护意识有点过分，好在她慢慢认识鲍勃后，也就没事了。鲍勃善于跟家长打交道。他会谈些毕业后怎么选专业啦，学分制如何运作啦，等等诸如此类的话题。（妈妈不想理解我，也没什么。她是个好妈妈。我可不能变成阿尔娃那样的人）。

话说回来，我和鲍勃到厨房里去调了一种潘趣甜酒。我们先倒了一些蜂蜜，把它加热，然后加了些橘子汁和柠檬汁，再加了一小杯伏特加。平常我们两个都不喝烈酒，所以只加了一点点，这样感觉更真实，因为我们就当这是蜂蜜酒。我们把酒倒进一个瓷杯里，那是在水槽底下找到的，是我们想要的那种有柄的杯子，这样两人可以一起举起来。我们把它称为爱之杯，相互为健康和强大的生殖力干杯。我对生殖力这一点有些疑虑，感觉像在玩命，可鲍勃说凯尔特人就是这样祝酒的，我就同意了。其实里面没什么酒，但却很难喝，我觉得应该是我们用了“洁而亮”洗洁精洗过爱之杯的缘故，那杯子积满了灰尘。

阿尔娃听到我们在厨房笑，就进来说也想喝点蜂蜜酒。我们跟她讲了一番道理，觉得她不能喝，因为酒里有伏特加。她一听，就说：“噢，我又不会说出去！当我们是小孩似的。”我很后悔告诉她酒里有伏特加，倒不是怕她说出去——她要说就说吧——我担心的是她会错误地以为，十六岁就可以毫无顾忌地喝伏特加了。这当然不行。我们只加了一点点，而且只想增加点真实感而已，我现在觉得当初真不该这样做。做姐姐可不是闹着玩儿的，尤其是对那种特别容易受影响的妹妹来说，比如阿尔娃，责任可就大了。你得时时看着她，不然她会立马喝下一大瓶纯伏特加，然后拿水装满酒瓶。我可并不是夸大其词。她班上就有同学干过这些事，而且这对他们来说还算轻的。另外有患厌食症的，就不吃东西，更别说喝水了。这个年龄的孩子的确很糟糕，可他们无法自控，是荷尔蒙在起作用。

我好说歹说，在十点半之前哄阿尔娃去睡觉。鲍勃一会儿就回去了，我也去睡了。妈妈是什么时候回来的，我也没听到。肯定很晚吧。

五月四日　星期日

今天早上，妈妈又在打电话，又打了很长时间。她进厨房那会儿，我刚好要往烤鸡上再涂一些调料。烤鸡已烤得吱吱冒油，我只好等了会儿，重又把鸡放回烤箱里。然后，我直截了当地问妈妈：“这是谁啊？肯定是一个有趣的人。”

“谁是谁啊?”妈妈问。

“那些秘密电话啊。打给谁的?”我笑着问,期待她会告诉我。

妈妈一脸通红,拿手扇着脸颊,极力让自己平静下来。“里面真热。”她说。

“有炉子啊。”我答道。我可没想这么轻易就放过她。“到底是谁啊?”我又问。

“这跟你没关系。”她说。

我若无其事地耸了耸肩。我不会一个劲地催她,部分原因是我尊重她的隐私。当然我相信,如果我不一个劲打听的话,妈妈总有一天会告诉我所有这一切。希望我这样想是对的,我只想妈妈好。但愿那是一个男人。我知道我很传统,但我就是这样,没办法。

五月八日　星期四

妈妈昨晚又出去了。这一次也不是什么周末约会。嗯!鲍勃觉得,我既然那么关心这件事,就应该直接问妈妈。我告诉他,我不是关心,只是有点感兴趣。不过我是真的很关心,而且很好奇。

五月十一日　星期日

昨天,阿尔娃说她要去参加一个锐舞晚会。那时我们刚从超市回家，还在拆一些包装袋。至少我和妈妈在拆袋，阿尔娃在开一袋巧克力饼干，她死活要买这种饼干。“锐舞？听上去很有趣！”妈妈说。啊呀，妈妈有时太糊涂，简直让人受不了。她清清楚楚地知道锐舞晚会是怎么回事，却只是一个劲拿冰箱里的那些塑料盒，忙着贴一些标签：香肠啦、咸肉片啦、奶酪啦，等等。她不知道该用哪个盒子装那些新买的意大利腊肠。妈妈说要换换口味。我很清楚，要不是我拦着，妈妈会把所有的盒子都用一遍，然后又去买个新的，再贴上“意大利腊肠”的标签。得解决阿尔娃的问题啊，意大利腊肠放在哪个盒子里、要不要贴上标签有什么关系。

“你不能去参加锐舞晚会。”我说。我知道我这样说有点霸道。可问题是，妈妈没打算说她。她有时真的有点糊涂。

“我要去。”阿尔娃边说边狠狠地咬了一口巧克力饼干。“每个人都会去。”

刚拆封后的第一块巧克力饼干总是特别新鲜可口。到处都是饼干屑。

“每个人到底是哪些人？”妈妈问。她身为一个青少年的母亲，责任感突然回来了。

“何况锐舞早过时了。”我加了一句。我只是在哪里读到过相关内容，但我说得像是亲身体验过似的。

“你们都不懂！”阿尔娃吼了一句，夺门而出。她很恼火。我们听着她蹬蹬蹬飞快地上了楼。

我和妈妈交换了一下眼色。怎么说我们不懂呢？我们当然懂，懂得很呢。我感觉我们之间已不是妈妈和女儿的关系，我们像是两个无可奈何的女人。

“你要没想好怎么放，就散放在冰箱里，装袋里也行。”我说。

“好主意，阿希苓。”妈妈说，“你真是我的好帮手，亲爱的。”

我一下子就释怀了。一股爱的暖流涌上心头，我满心感激。我知道妈妈可不光在说意大利腊肠的事。

“我最好还是去看看，安慰安慰她。”妈妈说。

“你去比较合适，”我说，“我泡壶茶，等你下楼时就可以喝了。”

妈妈走到门边，回头给了我一个最灿烂的笑脸。她不是那种特别漂亮的女人，可笑起来简直就像阳光般璀璨。

妈妈和阿尔娃是一道下楼来的。茶已凉了。“我重新泡一壶吧。”我说。阿尔娃的脸哭得斑斑点点的。我特别想知道她们都谈了些什么，不过我能猜个八九不离十。妈妈肯定问了阿尔娃，哪些人会去参加这个锐舞晚会，晚会会在哪里举办，什么时候结束，有没有人可以送她回家，诸如此类的问题；而阿尔娃对这些问题头痛得要命，所以只好说不去了。大概就这么回事吧，因为谁也没再提这个话题，而且阿尔娃昨晚哪儿也没去。

五月十七日　星期六

我今天带阿尔娃去购物，弥补一下她的心情。上周锐舞一事让她挺不开心的。星期三是她的生日，爸爸为此给了她一些钱，她正急着花光它呢。我也从邮局账户中取了点钱。我们一起去了市中心，想犒劳一下自己。倒也没想一定得买什么，除非有我们特别喜欢的。

我知道有一家廉价商店，专卖过季服装。我们就想去那里看一看。有时那里的东西挺不错的；但多数时候都皱巴巴的，看着难受，颜色糟得让人死也不会去穿它。不过今天有一些超短的百褶裙，叫人抵挡不住诱惑。我试了试，很好看。我的两条腿很漂亮，虽然是我自己这么认为的，尤其是穿黑色紧身裤。我适合穿短裙。我一般在彭尼商店或类似的廉价市场买衣服，到现在都还没什么好的羊毛裙，而这条只需十五镑，是绿色的格子呢。阿尔娃也觉得这条裙子很漂亮。平时除了在学校，她也没穿过裙子，所以也想要一条。她拿了条海蓝色的试了试，非常好看。

我开玩笑地说："我们看上去好像姐妹啊。"

"我们本来就是姐妹啊。"阿尔娃一脸的疑惑。

她真没有什么幽默感。不管怎样，裙子很值。在爱尔兰，不管是夏天还是别的什么时候，几乎全年都能穿。阿尔娃想马上就穿，但我跟她说，坐公交车会把裙子弄坏的，何况没穿连裤袜，光着大腿，下面配一双已经被洗得起了球的黑色短袜，会让人觉得傻傻的。我劝她把裙子用包装纸包好，放在购物袋里。这家店的纸质购物袋没有印什么特别的名字，棕色，带纸质的提手，不过我觉得很好看。

然后我们去了圣殿酒吧区新开的一家很受欢迎的咖啡店。拎着两只不知名的棕色购物袋，我们点了两杯卡布奇诺咖啡，在那儿坐了半个多小时。这一天很美好，就像小说中描写的那些姐妹那样。当然，钱花得有点多，要是每个周六都这样花销的话，那可了不得。不过，我得慢慢学着花钱，不能一花钱就这么紧张兮兮的。

之后我们又去了一家艺术展览馆看了看。我们俩都不懂艺术，不过我们愿意学习，关键的一点是，展览是免费的。其实，我们根本看不懂，也不喜欢。都是一些做了一半的雕塑，好像雕塑家做了一半就死了，看上去奇奇怪怪的，材料是些什么细铁丝、没用的灯泡和看上去像是一块块熟石膏的东西。墙角有一台电视机，一直在重播一段录像，时间大概是三十秒钟：录像中有人尖叫着穿过一个隧道，最后是这些人的脸隐隐约约地出现在镜头里，在你面前炸开来。然后这些人又尖叫着穿过隧道。整个画面是绿的，就像黑白照片，只不过颜色是绿的，不知道这样说够不够明白。最后看到的是拼布被单，有许多毛茸茸的小碎片和亮片，颜色都很漂亮，这个比较好看。

我之所以要提到展览会，是因为在出口处我看见了妈妈。她刚要从通道入口进来，而我们正准备从出口出去。一起出去的大约有六个人，我们大概是裹在其他人中间了，而妈妈正好在用右手推玻璃门，又往左侧回头跟一个她左后方的人说着什么，她伸出的右手刚巧挡住了她的脸。我把手放在阿尔娃的胳膊上，刚想跟她说——妈妈在那儿呢，她来这里干吗？我们得告诉她别浪费时间，里边没什么好看的——突然看见了那个与妈妈亲密交谈的人。那是一个又高又黑的陌生人，不是特别帅，相对他的身高有些偏瘦。他朝妈妈侧着身子，靠在一扇门上。那会儿，我注意到他的手又长又细，而且很白。我只是站着看了看，就侧身推开那扇重重的门，去找阿尔娃。阿尔娃这时已站在人行道上，戴上了防风衣的兜帽。天好像要下雨了。

我说："我们跑到公车候车亭吧，要不然这些纸袋要散架了。一下雨，纸袋很容易就化了。我可不想把纸袋弄烂，脏了我们漂亮的裙子。"

我没跟阿尔娃提妈妈，也没提那个又高又黑的陌生人。

五月二十日　星期二

阿尔娃今天要进行曲棍球训练。如果能练得刻苦点，她会打得很好。无论如何，她入选了，周六还有一场比赛。这回她不得不加紧训练，因而今天不能与我一道回家了。我们约好，她随后和她的朋友萨拉一道回家，妈妈再去萨拉家接她。因而今晚就我和妈妈两个人去购物。我喜欢这样。阿尔娃不在，我们就可以专心购物了。如果阿尔娃在场，她肯定又会缠着我们要买巧克力饼干。我和妈妈一起推着购物车，安安静静、有理有据地商量着该买些什么，像两个成年人。这听起来像是件小事，可我觉得，这个时候，特别能感受到亲情。

收款处有一些少年义工在帮顾客装袋。这些孩子其实并不懂怎么装东西。他们不会将冷冻食品独立装袋，所以一回家你就得马上把冷冻食品放进冰箱里；他们会把蘑菇放在袋底，上面压一些番茄酱罐头或一大串香蕉，等你回到家，就只剩蘑菇头了。我就想，要是我有这么小的弟弟，我一定要让他知道，易碎品必须得放在袋子表面。我突然想到了加文，他不就是我们的小弟弟吗？我们总认定他是爸爸和纳奥米的孩子，自然跟亲弟弟不一样。我们也不可能教他这些事情，但不管怎样，他就是我们的小弟弟，有血缘关系的弟弟。

我一边这样想着，一边将一袋十字面包从一瓶"洁厕得"底下挖出来。我肯定是把事情做了一半就停在那儿了，因为我突然发现自己正站在收款处，一手拿着一袋面包，一手拿着一瓶"洁厕得"。有个少年义工好奇地看着我。他满脸雀斑，两只眼睛就像两粒小小的纽扣。我很快朝他笑了笑说："我得把面包救出来哦。要不面包就满是松香味了，是吧？"

虽然说了这些话，我还是感觉自己很傻，丢死人了。我想尽力掩饰自己心中的那份内疚，因为我竟然把加文当作自己的小弟弟了，这想法似乎很不忠，我是说对妈妈不忠。

我看了一眼妈妈，她正一个劲地眯着眼睛看结账器上显示的付款总价。妈妈去年四十岁了，也该戴老花镜了。真让人难过。她刚做了头发，看上去又蓬松又自然，是那种很好看的蜜汁发色。那是一种微卷的发型，背面修得比较整齐，额前的头发向外翻卷。我看到她诚惶诚恐地盯着结账器，突然觉得，妈妈看上去那么苍老和焦虑不安，她那一头漂亮的发型似乎不是她的，而该属于别的更年轻的女士。那会儿，妈妈转过头来，给了我一个灿烂的微笑。她看上去好多了，我如释重负。我多想给妈妈一个拥抱，告诉她一切都会好起来的。不过，我要是那样做的话，妈妈肯定会觉得很奇怪，所以我也只是对她笑了笑。我给妈妈使了使眼色，用嘴形告诉她这边有童工，还扮了个鬼脸。妈妈点了一下头，可还是像平时一样，把二十分小费丢进了募捐箱。

五月二十一日　星期三

今晚还是这样。我练琴的时候妈妈又在打电话。不过这次是对方打给她的，不能怪她。不知打电话来的是不是那个高个的陌生人，我迫切想知道。真希望是那个人。如果妈妈真的有——我不知该用哪个词，

"男朋友"？太小女生气了；"男人"？太肉麻；"伴侣"？又太把人家当自家人了；"朋友"？听起来又太做作——真是这样就好了。不过也有可能，也许他和妈妈只是在展览馆外面聊了几句而已，也许妈妈只是在告诉他挂衣间在哪儿。或许他们只在街上说过两三句话。不管怎样，到底谁在给妈妈打电话呢？我只希望这个人没结婚，如此而已。如果这个人已经结了婚，当然就不能指望妈妈可以跟他结婚了。我是说，我希望这个人还没有结婚，也希望他不会说他不准备结婚。

五月二十八日　星期三

太好了，终于向前迈出了一大步！今天晚上妈妈要和理查德去约会。理查德是妈妈的一个电话追求者。妈妈跟我们说的时候就是这么称呼他的。那是开玩笑吧，我想，也许说的就是哪个剧本中的人物呢。对于戏剧，我懂得不多。数学和科学是我的强项，文学可不是。

妈妈是今天吃早餐时告诉我们的。我觉得她不是故意要选在这个时候，因为早餐总是匆匆忙忙的，我们得去赶班车。我想妈妈为此事肯定在心里斗争了好一段时间。有几次，她都差点要开口说了。上周在买完东西回家的路上，我明显地感觉到妈妈想跟我说点什么。因为在开车，她也就没说太多。她得专心做她的事。

妈妈同时跟我们两个说了这件事。老实说，我有点失望。我觉得她应该私下里先跟我说，而我呢，也可以跟她说我早知道了，还可以神秘兮兮地跟她说一说展览馆的事。我可一直等着这一天哪。妈妈原来只想当个玩笑似的说给我们听，但我感觉妈妈在使劲地找词，这也解释了她为什么要这样开这个电话追求者的玩笑。我也就没说什么再难为她。阿尔娃脸色发白，放声哭了起来。早餐时满脸的泪水对任何一天来说都是个极坏的开端。

我本想恭喜一下妈妈，可阿尔娃小题大做地这么一闹，就不好开口了。阿尔娃一直想把妈妈占为己有，想把妈妈推上婚姻的祭台。她该面对事实，爸爸再也不会回到这个家来了。爸爸只是还没有忘记我们俩的生日，还在给我们交学费，但这并不等于说，他还想回来当我们真正意义上的爸爸。他和妈妈六个月前办了离婚手续，不知道他是怎么办到的。尽管拥有全民公决权等，但在我们这儿，想离婚还是行不通的。相关法规还没有制定出来。不过爸爸办到了。我想他是去伦敦搞定这事的吧。妈妈肯定很难过，因为宗教信仰的缘故，她其实并不赞成离婚。不过一旦离了，她也就解脱了，毕竟整个事情都已经过去。

我敢肯定，妈妈认识这个男人不过才几周的时间，还不至于到了要嫁给他的地步。阿尔娃就像那种过分保护自己孩子的父母一样，自己家的孩子一遇见别人，就觉得他们要结婚似的。当然，这对她来说确实难以接受。她一直认死理，想让爸爸回到这个家里来，所以，我也尽量不对她发脾气，况且这是早餐时间，我们还得去赶公交车。

五月三十日　星期五

我和妈妈终于有机会可以单独谈谈了。今天放学后，阿尔娃又去找萨拉练球，我自己回了家。我到家时，妈妈已经在家。我喜欢星期五回家。我把钥匙插进锁眼里转了一下，那声音好听极了。我把书包从前门那儿甩了进去，书包砰的一声摔到了楼梯脚下。妈妈从厨房里喊出来："捡起来，别放那儿，绊一脚的话会摔着的。"

"捡起来，别放那儿，绊一脚的话会摔着的。"我大声学着妈妈的腔调，假装跟她闹着玩，虽然心里还是有点不高兴。

我听到妈妈在笑。我捡起那讨厌的书包，把它扔到楼梯底下，感觉好多了。我是说，听到妈妈在笑，我感觉好多了。

阿尔娃可没那么细心，家里到处都是她的东西。我和妈妈老是跟在她屁股后面捡东西，都捡得累死了。

"我打赌，你肯定以为是阿尔娃回来了吧？"我走进厨房，在妈妈脸上狠狠地亲了一口。我现在比妈妈还高，只好弯下腰来亲她。我不喜欢这样。父母应该长得比孩子高大。要不然，我感觉自己非得像个成人似的。

"当然不是。到哪儿都能听出你的脚步声。"妈妈说着，递给我一杯茶，"我还知道你是怎么开锁的。"

"还是给我讲讲理查德吧。"我恳求道，一边从茶杯中撩出一片茶叶。妈妈在周末总用散茶煮茶。她说这茶更好些，但平时我们用袋装茶，那样方便。我喜欢星期五下午的第一杯茶，倒不是因为我能喝出两种茶的不同味道，而是因为这更像是星期五的一场小小庆祝会。

"嗯，"我别有用心地加了一句，"我早就知道他长得高高的，黑黑的，瘦瘦的。"

妈妈简直惊呆了。有好一会儿，我什么也没说，只是狡猾地笑笑。

过后,我才说那个星期六看到他们进了艺术展览馆。妈妈一屁股坐在我对面的椅子里说:“要在这个城市做件事可真不容易,一件都不行。这简直只是个大村子而已”。

说归说,但从妈妈的话里听得出,她肯定很兴奋。她非常非常想知道我的看法。我说我只是看到了而已。可妈妈还是一个劲地问我,有没有觉得他穿着很得体?他看上去是不是很优雅?妈妈简直就像个小女生。我向学校的朋友问过类似的问题:他帅不帅啊?他酷不酷啊?他的穿着打扮让人着迷吧?这让人觉得有点奇怪,怕是爱情把人变成那样的吧。自从我跟鲍勃约会后,我就会常问这些问题。很自然,对于你选的这个对象,或者正准备选择的对象,你特别想得到身边人的肯定。我很想兴奋地跟妈妈说:“是的,是的,这个人很好,这事真的很好。”

我真的觉得这事很好,这也正是我一直所期盼的。但不知为什么,在妈妈两眼发光看着我的时候,我真的兴奋不起来,无法像她期望的那样兴奋。我也不知道为什么,而且突然间对自己以前的想法感觉很疑惑:为什么我一直想让妈妈找个男人呢。为什么我会觉得那才是她所需要的生活呢?搞不懂。

“他的婚姻状况怎样?”我轻声地问了一句,一边看着窗外。我感觉自己像个古板的父亲,想弄明白,那个追求自己女儿的年轻人是否诚实可信。紧急情况下,事情常常会乱了头绪。或许这样才把事情搞复杂了。

“鳏夫。”妈妈说。

“真的吗?”我问道,很专心地看着外面。隔壁家的那只猫正沿着花园的墙根悄悄地走了过去。我越发觉得自己像个保护型家长。

“当然啦！”妈妈说，“我参加了他妻子的葬礼。”

什么？这简直太让人吃惊了。我可根本没想到，他的婚姻状况居然是以这种事例来做证的。当然，他们不会……

“我连朋友都算不上，”妈妈忙说，“我那会儿根本就不认识他。他女儿是我们学校的学生。我们几个老师一起去的。我见过她，但不认识。我觉得辅导员该去。”

噢，是这样！我才放下心来。不过心里还是有点怀疑。有那么一会儿，我甚至觉得，妈妈和这个男人在他妻子还活着的时候就已经见过面了。我没再问什么。到此为止吧，我不想就这个可笑的话题再说什么了。

“今天晚上我可以和鲍勃去打球吗？”我问道。一方面是想征求一下妈妈的意见，一方面我也想转变话题。当然，还有一方面，我想重新调整一下我们的角色关系。不管怎样，有发言权的应该是妈妈，她有权对我的男朋友表态，而不是倒过来。

“当然。”妈妈说，压根对此就没什么兴趣。鲍勃似乎已被我们家接纳，我该为此感到高兴才对，可是，妈妈说“当然”的那种语气，让我觉得硬邦邦的，她根本连想都没想。

“我不知道阿尔娃该怎么办？”妈妈接着说，又把话题转了回来。我说：“阿尔娃会没事的，这只是年龄问题，她应该才十四岁，对她来说当然不那么容易接受。”但我不想谈阿尔娃，我什么都不想谈了。真好笑，我以前一直在想象与妈妈的这次谈话，也一直期待着，现在谈过了，我却感到有点失望，心里空落落的。

六月一日　星期日

我简直不相信自己会做这件事，这一般不是我会做的事啊。我从不冲动。我甚至不知道自己干吗要那样。昨天晚上我的情绪是有些怪怪的。不过，既然事情已经发生，我也考虑了一晚上，我想那就让它这样吧。

昨天晚上，我突然清醒地认识到，我从来就不喜欢打保龄球，我以前可从来没想过这事。大家一起出去时就常玩保龄球。他们去打保龄球，我们就跟着去了。可是，保龄球馆里，到处是明晃晃的大灯，嘈杂的叫喊声、笑声在空荡荡的大厅里回响，到处是回声，保龄球在球道上滚来滚去，不断发出砰砰的巨响，一会儿撞在球门上，一会儿又是稀里哗啦被击倒的声响。大家都得换鞋，所以，到处都是脚臭味。我当时想，哎呀，这个地方真可怕，我来这里干吗呢？干吗不在家听听蒙赛拉·卡巴耶，要不就看一部有关卢旺达经济的纪录片，或者可以跟阿尔娃一起做做爆米花什么的？

我跟鲍勃说："我们走吧。"

鲍勃说："我们才到，钱都付了。"

那就不能马上回家了，总不至于刚付完钱就走人。我没再坚持，留了下来。

每一场比赛我都赢。鲍勃那些跟我们一起玩的朋友大多是十六岁，看我玩得这么厉害，有些不高兴。他们想方设法要打败我，可我却越来越上手，把球打得左右开花。

“嗨，阿希苓，今天晚上你打得简直是太棒了。”鲍勃骄傲地说着，一边拿手臂搂着我的脖子。

我闻到了从他腋窝下发出的新鲜的汗味，夹着除臭剂的气味。鲍勃想拿胳膊把我的头拉到他怀里去，我突然觉得很憋气，就一下子从他那儿走开了。

“现在可以走了吗?”我问，“我想你付出去的钱也值了。”

可怜的鲍勃，他看上去一下子蔫了。是他帮我付了钱，倒不是因为他觉得男孩子应该替女朋友付钱，而是他知道，钱在我们家是个大问题，跟他们家不一样。他爸爸是什么公司的经理，他妈妈也是。我想，他们家肯定装了防盗自动警铃吧。我可怕的反社会思想。这不是他的错。他是个挺好的人，善良、正直，也很有思想。

我们从保龄球馆一路走回家，这是我的主意。我想呼吸点新鲜空气，不想去挤公交车，尽管有两三里路远，我们还是走路回去。我们一路都在说话，没有争论，只是很友好地聊了些平时一起玩的朋友们的事情。我觉得这比打保龄球好玩多了，刚才那种幽闭恐惧症也消失了。我们还笑话那些人，在我赢球那会儿，居然那么气急败坏。

到了家门口，我却不想请鲍勃到家里去。每次我回家，妈妈一般都还没睡。我们有时会一起喝点茶或可乐什么的，之后鲍勃才回家。但那天我没请他到家里去。在他跟我说晚安，弯腰要亲我的时候，我躲到他胳膊底下，跟他说:“鲍勃，我不想再跟你见面了，至少这段时间不想再见面了。”

我不知道这些话是从哪儿蹦出来的。如果我早想好了要说这些话，恐怕我根本就没那勇气。可这些话自己蹦了出来。听到自己说出这些话来，我几乎跟他一样呆住了。可一旦说出了口，我发现这些话听起来还不错。

“对不起。”我接着说。我真的觉得很对不起。我喜欢鲍勃，他是好人。我也不明白为什么会这样，居然不想再见他了。我没等他回答，飞快地在他嘴上亲了一下，安慰似的拍了拍他的肩膀，然后，我逃到家门口，打开门进了屋，又飞快地关上了门。

客厅的灯亮着，但别处都黑漆漆的。妈妈没有像往常那样，一边放着昨晚的电视节目，一边坐在沙发上打瞌睡。我想，这也好，我也不是特别想和她谈。她已经睡了，或许这样更好些。我想给自己倒杯可乐，但想到厨房里就我一个人，只能听听国际广播，心里又觉得很凄凉。我把客厅的灯关了，溜到楼上，上了床。感觉空落落的，但脑子里一直在嗡嗡作响，所以好久都没睡着。睡着后，我一直在做梦，梦里全是保龄球在球道上滚来滚去、砰砰撞击的巨响。

六月六日　星期五

我今天送了一张好运卡给鲍勃。星期一开始他就要考试了。我不知道是否该写上“爱你的阿希苓”或“阿希苓 XXX①”之类的话。刚跟他断绝关系，又写这些“爱你”、“亲你”的话，好像有点太虚伪了。结尾处我

---

① 英文书信结尾处的 X 音同 kiss，表示“亲吻”。

只写上了“阿希苓”和一个 X,但又把它涂掉了,如果只把它当作波浪线也可以。

这个星期我没在学校看到鲍勃。考试期间学生不用去学校,就在家复习迎考。我们其余的同学在这个星期初就已经考完了夏季班的最后一门考试,接下去的几天,我们只是做一些清扫工作。我们帮忙布置考场,摆摆课桌。团队合作也是我们学校的准则,所以我们常常会一起做事。大家可以一起做点别的事,感觉挺好的,虽然五年级有点紧张,但至少可以不上课,暂时休息一下。

老师建议我们在假期做点功课,比如读点历史、英语什么的,当然也要保证我们得到充分的休息,这样我们就可以精力充沛地回到学校,为明年漫长的一年做准备——明年我们就要毕业了。我们都该去旅行,真正充分地休息一下。我们学校多数同学家里都很富裕。很多同学会去法国多尔多涅,或者普罗旺斯,租个房子,在那儿度上几星期的假期。有些同学家在这些度假胜地就有房产。我们要是能坐辆大篷车,去布利达斯海湾住上一周,那就太幸福了。我太想去这些地方了,就算跟团旅行也不错啊,可我们家还是付不起。暑期是我们家最没钱的时候,因为妈妈那时不工作。

我和鲍勃原先说好了,这个暑假要跟一帮朋友一起去格伦马鲁尔公园或者别的什么地方露营,住青年旅社。多好啊。

六月七日　星期六

花了一整天时间去附近一些商店、餐馆和咖啡厅转了转,想找份暑期工。我感觉已经太晚了。到处都有人想在暑期打份零工。

六月八日　星期日

妈妈昨晚和理查德去听了一场音乐会。妈妈说他对音乐几乎一窍不通，打算教教他。阿尔娃去学校参加期末迪斯科舞会了，我是唯一一个没地方可去的人。好在住街对面的梅丽根太太——我得记住要叫她琼——让我去给她看孩子。这样的话，起码我不用一个人坐在家里，独自看肯尼基的现场演奏会。我可以到梅丽根家里去看。而且，我发现，演奏会夏季巡演已经结束。于是，我就上联合电视频道看一些别的节目。这会儿，年幼的达伦·梅丽根正在家里各处跳上跳下呢，神气地挥舞着一把十分逼真的机关枪，嘴里一个劲地发出可怕的"嗒哒、嗒哒"的声音，而塔尼娅·梅丽根呢，穿着睡衣一个人在墙角悄无声息地流着眼泪。除了睡觉，我还从没见过这小女孩有不哭的时候，她就像一座小小的泪水生产厂。昨晚我有点想和她一起哭，可又觉得那样违背了合同原则。保姆没来之前，他们从不会上床睡觉。他们的妈妈说，她想把保姆的照顾作为对孩子们的奖赏，这样她晚上出门时，他们就不会太胡搅蛮缠。她也不叫我保姆，叫我客人。每次我一来，她就给我两个健达出奇蛋，让我作为礼物分给两个孩子。

不管怎样，每次她出门，两个孩子还是哭闹个不停，看来贿赂并不起作用。她完全可以把买健达出奇蛋的钱省下来。她这是拿钱买个心安。我倒不认为，她因为偶尔出门就该感到内疚，即使她似乎总跟一些不三不四的人在一起。按照阿尔娃的说法，不三不四的人一见小孩子，就会赶紧逃走，那么，琼就得等下一个不三不四的人再跟她交往。

每次琼打电话总是高兴地跟我说，把鲍勃带来啊。我并不说什么。而我每次去她家时，她却从不问鲍勃在哪儿，一会儿是否要来。真奇怪，居然没人注意到我和鲍勃已经分手了。

希望理查德不是那种不三不四的人。我是说，希望他见了我们不至于逃得远远的。如果真是那样，那他只会得不偿失，不过，妈妈就惨了。我最好跟阿尔娃谈一谈，我们可不想让她把理查德吓跑。她很有可能会这样做的。可转而一想，这不就等于给她出主意了吗？她反倒可能行动起来，想方设法要把理查德赶走。算了，我还是什么都别说吧，尽量想办法让阿尔娃离他远一点。

六月十五日　星期日

通常，星期天我们会老老实实待在家里。除了有几个周末，我和阿尔娃要去看望爸爸、纳奥米和加文之外，一般情况下，我们三个总在一起。所以，今天中午妈妈说她要出去一会儿时，我们都觉得有点吃惊。虽说这只是整个假期中的一个星期天而已，不在一起过也无所谓，何况这个假期我们已经过了很多个这样的星期天了。可即使这样，还是让人觉得意外。

“跟理查德吗？”阿尔娃恨恨地问道。

妈妈每次跟阿尔娃说话时，总是尽量不提到理查德。她知道阿尔娃不喜欢她有男朋友。而每次跟我在一起时，妈妈总要找机会跟我喋喋不休地谈到他。我也不太想听她说理查德，而只要阿尔娃在，妈妈就绝口不提他。妈妈一直没发现，鲍勃不再来我们家了。阿尔娃也没发现。

妈妈带着威严的口气说："是的，跟理查德一起。"

"她总跟他在一起，"阿尔娃在妈妈离开房间时咕哝道，"她没时间跟我们在一起了，她更喜欢他。"

"太荒唐了，阿尔娃。"我对她说。我知道这很荒唐，妈妈不可能更喜欢理查德，这不可能。可我还是觉得妈妈不应该在星期天跟他出去，那对我们不公平。有时真的很难从别人的角度去看问题，哪怕这个人是你的亲妈妈。

妈妈穿好外套后，在客厅门口转过头来跟我们说再见。我们正一边听巴赫协奏曲，一边下中国跳棋。我喜欢巴赫的音乐，阿尔娃喜欢下中国跳棋。妈妈很大声地说了句："我不会去很久的。"她的声音随着音乐飘荡在房间里。我们谁也没接话，虽说有点不礼貌，但我想那是因为我们俩都很伤心。

"我们每人去弄杯马格南酒喝吧。"妈妈走后，我向阿尔娃提议道。

马格南香槟酒贵得要命，但很好喝。鲍勃喜欢喝。真有意思，有这么多的事情让我想起鲍勃来。

"好的，走吧。"阿尔娃说，"我们也寻找一下刺激。"

这么容易就把阿尔娃的注意力分散了。难以相信就是同一个阿尔娃，上个月还想去参加锐舞晚会呢。我觉得她根本就不知道锐舞是怎么回事。

六月十八日　星期三

我找到了一份假期工作。那天碰巧去了本地的一家书店，计算着有没有足够的钱买下那本《时间简史》。我已在学校图书馆预定，不过得等到八月底才能拿到手，而那会儿我也该回学校了。我想在假期读点东西。不过我觉得最好还是去市中心图书馆借，于是就把书放回书架。这时，我注意到书柜旁边的一块木板上贴了一则手写的广告。这个广告太不起眼了，好像特别不想人家看到似的。广告上是这样写的：

招聘临时工，具备读写能力，有意者联系乔治先生。

乔治应该是姓。我一开始觉得像是某个家族企业的姓，他们管家族里的其他人为某某先生，前面是他们的教名。

我没多想，只是有点紧张。我直接去柜台找那个乔治先生。他们带我去了里屋一间小办公室，里面堆满了书和文件。桌子上仅剩的那点地方放着一些早餐点心，还有一台旧式手动打字机，带一红一蓝打印条的那种。角落里放着一个电热器，使得整个房间闻着像石蜡。空气中仿佛漂着脱脂棉。乔治先生并没有怎么进行面试，也没问我多大了，是否在校读书等。他只问我能否读写。我说能，但没什么大学问。

他“嗯”了一下。他长得很魁梧，又上了年纪，正是那种会说嗯的人。“还知道读写能力和学问有所不同，这样就可以了。每小时两镑五十便士，星期一开始工作，八点半到六点，星期四晚上八点半下班，每隔一星期的星期六放假。工作到七月底。行吗？"

他说话带英国口音，就像《爱默戴尔农场》里那样。我不知道他在这家书店做什么，但看起来像是老板。我很盼望星期一就开始工作。不知道每小时两镑五十便士是否算一份不错的薪水，感觉还不错，总比我看孩子强。

六月二十四日　星期二

在书店工作累死人了，我的两只脚痛得要命，因为一直要站着。还好我就工作几个星期。几个星期对我来说还能坚持。我喜欢去里面那间储藏室，就在乔治先生办公室隔壁。那里空气不好，很闷，但我喜欢闻那种浓浓的书的味道。因为老是搬书，手指头上起了一层硬茧，而且脏得一塌糊涂。

六月二十五日　星期三

今天鲍勃来书店了。因为是暑假，这三个多星期我想方设法躲开了他。如果是上学那会儿，恐怕就比较难办。很明显，看到我在书店里，他觉得很奇怪，但他表现得很冷静。我比他更占优势：是我先看到他的。我抓紧时间在柜台后面蹲了下来，拿双手冰了冰发烫的脸，让心跳恢复正常。不是兴奋，也不是尴尬，我想，只是感觉有点意外。

“你好，阿希苓，”他说着，递给我一本《理智与情感》和一张五镑纸钞。“这些经典作品卖得这么便宜，真让人难过。”他说。

他居然没挪开目光，也没有把脚挪来挪去。我以为他会那样做，既然没有，我也决定勇敢面对。

“哦，你好，鲍勃，”我说，努力让自己听起来十分冷静。“考试还好吗？”

我突然觉得特别内疚。在他面临人生最重要的考试时跟他分了手，我是不是太不够意思了？可不，又自私又轻率，我这样做会毁了这个男孩的前程的。

“挺好，挺好。”他说。“对了，谢谢你的卡片，就剩一门德语了，明天考。我看了电影，”他加了一句，指指书。“昨晚，跟我的一个老朋友一起去的。”

考试期间他怎么还去看电影？我倒是一直想去看这部电影，但一直拖着没去，因为没人陪我去。自从失去了鲍勃，我生活中就没别的人可以一起去看电影的了。我突然陷入了怀旧的伤痛中，意识到自己并不是因为鲍勃在考试期间去看电影而伤心；我伤心的是他居然不是和我，而是和别人一起去看电影。也许我本来就该这样想，也许这也是鲍勃告诉我这件事的原因。

“不错吧？”我冷静地问道。

“棒极了，”他说，“真的特别棒。”

他跟我在一起时从没说过这些话。我不是说“特别”这个词，而是指“棒极了”。

“噢。”我尽量让自己听起来并不在乎，也不那么专注，好像我们只是在闲聊一样。我把书装进一个纸袋里，封上塑料胶带，扔给了他。

“她刚拿到高中毕业证书，”鲍勃接着说，“她需要休息。”

“谁？”我问道，嘴发干。

“贝基。”他说。

“谁是贝基？”我问。

“噢，是我以前认识的。”他说。“她家和我家住得很近。我们一起上过学前班。她比我小好几岁，但她两岁就上学了，她妈妈在家没法照顾她。我那个时候还在那所学校里，因为我妈妈不想让我上正式学校。”鲍勃用鼻子哼了声，我想他是想笑一下。我没跟着他笑。“我过去常照顾她，因为我的年龄最大，而她最小。”

感觉他们只是“好朋友”而已，我想。

“哦？后来怎么样了？”我问。“我是说你的学前班同学。”

“挺好，”鲍勃说，“不过她不再上学前班了。”

“噢，那当然。”

“因为我太喜欢这部电影了。”这当儿，他在空中甩了甩装有这本书的纸袋，“她就推荐我买这本书。”

我从没向鲍勃推荐过什么书。我对书知道得不多，虽然来书店工作后懂了一些。上周，有个顾客要买简·爱的《雪梨》，我告诉她，她要找的其实是夏洛蒂·勃朗特的《雪莉》。我想她肯定不会喜欢读这本小说，但我还是把书卖给了她，这是我在书店的工作。

我一直想让他对音乐产生兴趣。我是说鲍勃。我曾带他去听过音乐会，甚至带他去听我们的排练，想方设法让他感受音乐，与我分享音乐的乐趣。我参加了学校的一个管弦乐队，要和着低音大提琴，这种乐器一般不适合独奏。他总是说，很好，很好。可他肯定从来没说过诸如“特别棒”之类的话。

六月二十六日　星期四

今天妈妈跟我们说，理查德星期天邀请她去他家吃午饭。我们都没说话。阿尔娃没说话，是因为她十分反感，不想谈什么理查德。我没说话，是因为对妈妈星期天要出去吃午饭感到不可思议。星期天下午出去是一回事，可星期天的午餐怎么能不和我们一起吃呢？那是神圣不可侵犯的呀。

妈妈有一会儿没有说话，然后开口道：“他让我带你们俩一起去。他想见见你们，也想你们见见他女儿。”

哦，天哪！他的女儿。我都差点忘了他的那个女儿了。我不想见，这个年龄的女孩没劲得很。我宁愿那是个更小点的孩子，或者是我这个年纪的男孩，或者是成人。我敢打赌，她只是另一个阿尔娃而已。但事情明摆着，我们必须去见理查德。如果他和妈妈觉得他们的关系已经到了我们必须见他女儿的时候，那也只能见了，没别的办法。

阿尔娃在吃冰激凌，漠不关心地一勺接着一勺地吃着，好像妈妈催她洗碗似的。我想用眼色暗示她，可她只是一个劲地盯着墙。

“谢谢理查德和妈妈。”我高兴地说。“阿尔娃，你说呢？”

阿尔娃像个机器人似的，继续吃她的冰激凌。

“阿尔娃。”我提高声音叫了一声，同时在桌子底下用力踢了一下她的脚趾头。

"哎哟!"她叫道,"很痛的,阿希苓。那个脚趾头刚被曲棍球棒打过。"

"对不起,阿尔娃。"我说,"我不知道。但我们很想和妈妈的朋友理查德一起吃午饭,是不是?"

我又踢了一下她的脚趾头。

"哎哟! 是的,是的,别踢了,哎哟! 会去的,是的。哎哟!"

我接着说:"昨天鲍勃在我那里买了一本书。"我想以此转移话题。我觉得鲍勃是个不错的话题。如果我老不提他,他们会觉得奇怪的。

肯定没有人觉得这个话题有多好,因为谁也没说什么。是我? 还是鲍勃? 怎么就没人注意到我的生活中正在发生的事呢?

六月二十九日　星期日

我让阿尔娃不要穿牛仔裤去理查德家里吃饭,至少别穿那种带裂口的牛仔裤。她有点不高兴,只是说得去找找能穿什么。我想她可能会穿件长衫。她老这样穿,脏兮兮的牛仔裤,外加一件长衫,好像怕别人看到她的大腿似的。她那两条腿肯定又白又细,像那些生活在石块底下终年不见阳光的白色蠕虫。可是,她出来时穿了件漂亮的高翻圆领,和那件海军蓝的格子裙,就是我们在她生日那天去市中心买的那条。裙子穿在她身上很漂亮。阿尔娃身材不错,只不过我们平时没太注意。她甚至搭配了海军蓝的紧身裤,我打赌这是她从我房间里找出来的,她可从来没买过什么海军蓝的紧身裤。她老从我那里拿衣服穿。

我看她穿了那件格子裙就笑了,因为我也穿了那天买的格子裙呢。

我喜欢这条裙子，所以常穿。可阿尔娃从买来那天起就没怎么穿过，印象中，她只在野餐时穿过一次。她说穿裙子老让她觉得自己像穿着校服。

“这样穿可以吗?”她问我。“噢，我还借了这些东西。”她摊开手，接着说。

在她粉嘟嘟的小手掌里放着四颗一模一样的纽扣形珍珠耳环。我得说明一下，妈妈特别喜欢珍珠耳环。她至少有十对吧。我想她让我们穿耳孔的唯一理由是，她想让我们以后也能戴纽扣式的珍珠耳环。可阿尔娃一直戴那种垂摆式的煎蛋形珐琅耳环，而我一般戴捕梦网式样的耳环，当然，在学校只能戴银质小耳环。

“你拿那些干吗，阿尔娃?”我问她。“你是不是从妈妈房里拿的? 真糟糕。你知道妈妈不喜欢你拿她的东西，她会满屋子到处找的。”

“她肯定高兴。”阿尔娃咧嘴笑了笑。“喏，给你一副。”

我们俩都戴上了耳环，这让我们看起来像二十几岁的大人。

“这样是不是够尊重那个好心的理查德了?”阿尔娃说着，朝我房间的镜子咧嘴笑了笑。

很显然，她已决定面对事实，而不是一味地去躲避和抗拒。我觉得她真伟大，因为我知道，这对她来说很不容易。我用双臂抱着她的肩膀，使劲捏了一把。我们笑着在镜子里互相看着对方，我想告诉她，我很感谢她能这样做。

“可惜男孩地带乐队现在看不到你，”我说，“要不然，他们怎么都认不出你来了。”

妈妈看到我们这个样子，眨了眨眼睛。她看到我们戴的耳环，笑了。

“叮当姐和叮当妹嘛。”妈妈说。看得出，妈妈有点紧张。为了妈妈，我们努力了。我感到很高兴。

理查德的女儿，我不知该说什么好。我们得知她的名字叫辛迪。不是洋娃娃辛迪，也不是名模辛迪，而是一个叫辛迪的真真实实的女孩。她看起来当然不像什么名模。穿了一件T恤衫，好像刚穿着睡了一觉似的，下面配了条难看的牛仔裤。不光裤子上到处是裂口，而且真的很脏。

他们的房子挺漂亮的。又大又古老，有一扇凸窗。一个大理石的壁炉，玻璃枝形吊灯，还有一架非常漂亮的胡桃木钢琴。我恨不得去试一试，但看起来没人碰过。餐厅铺着木地板和波斯地毯。我不知道那是不是真的波斯地毯，但真的很漂亮，满是漂亮的红色和蓝色的图案。一切看起来都像是从古董商店买来的。客厅里的那把躺椅是全真皮的。饭菜也很可口，是那种地道的安息日主餐。吃的好像是羊肉，理查德自己做的，他对自己的厨艺引以为傲。可对食物感兴趣的人一般都更胖一些。

理查德忙作一团，又是忙着弄火锅料，又是忙着弄充电器。我以前从没听说过这些。理查德飞快地给我们说着这些事情，可辛迪只是坐在那里，感觉很无聊。一顿饭下来，没听她说过一句话。我原以为是她比较害羞，就试着跟她说了一些话，可她压根就不接任何话题。我和阿尔娃也就不再说什么，最多就说声“帮忙递一下奶酪”之类的话。看在妈妈的分上，我们已经尽心尽力了。

她爸爸自己酿了一瓶红酒。他真是个不错的男人，或者感觉还不错。他给我倒了点酒，我要了一小口。其实我不会喝酒，所以就兑了点水。真不应该要酒的，太难喝了。阿尔娃要了可乐，我后悔当时没有跟着要可乐。然而，辛迪却给自己猛灌那红酒，喝下三杯后她就开始反反复复说一些无聊透顶的话，说得最多的是她朋友的一些事，尤其是一个叫丽萨的。我们根本就没兴趣听。我觉得妈妈好像听得很来劲，因为她认识辛迪说到的学校里的一些人。辛迪还说到了一些老师，把他们的绰号讲给妈妈听，可这并不新鲜。而且她对饭菜很挑剔。阿尔娃说，甜点很好吃，辛迪好不客气地盯着她，说:“不是好吃，是垃圾。”

然后她就醉倒了。理查德尽力想让一切显得像没事似的，我真为他感到难过。我们只好假装什么也没看见，真叫人尴尬。妈妈突然想出一个好主意。

“我们出去走走吧，要不去帕默斯敦公园?”那公园离他们家很近，“要不去那个顿老海尼码头?”

“这主意不错，”理查德说，“去码头走走很凉爽，挺好的，可以出去透透空气，清醒清醒头脑。来吧，辛迪，醒醒，乖孩子。”

他只好帮辛迪穿上外套。她喝得太多了，自己根本做不了这些事。他设法把辛迪塞进后车座里，我们一起坐车到了海边。我们把辛迪放在我和阿尔娃之间，在码头也几乎就是这样推着她走。她这才稍稍清醒了点。

我并不喜欢星期天下午的这种安排，可是任谁都看得出，无论发生了什么，妈妈却挺开心的。从她看理查德的眼神便知道，她已经深陷其中了。我真希望妈妈一切都好，我不想她再受到伤害。

七月一日　星期二

昨天阿尔娃气得大发了一通脾气。她是真的气坏了。从她还是个孩子起，我就没见她这样生过气，爸爸走的时候都没这样。她只是一个劲地哭啊哭啊，满是怨恨。她跺着脚，嘴里叽叽咕咕念叨着那几句话。"这不公平"是她说得最多的。可这没什么好辩论的，我觉得这不是公平不公平的问题。

事情得从妈妈说她要去和理查德一起度周末开始。这周末我们要去爸爸那儿，那是很早之前就定好的。所以妈妈周末干什么其实跟我们没什么关系。她压根就不必告诉我们。她本可以悄悄地出去，在我们回来前回家，我们也永远都不会知道这些。妈妈只是在任何事情上都不想骗我们，她只是想预先告诉我们，她要和理查德一起出去，对此，阿尔娃却不买账，对她冷嘲热讽。这才是真正的不公平呢。

我试着与她理论，我是指阿尔娃。我说："妈妈需要认识新朋友，如果我们一味阻止，这对她不公平。"

"她根本就不需要认识别的人，"阿尔娃坚持道，"她有我们呢。我们就是她最亲的人。"

我真想说阿尔娃太"孩子气"，可我知道，如果我跟她说"你这样做太孩子气了"，那只会让她更无法无天。我也不得不承认，我多少还是有点偏向她的。妈妈要跟这个她还不怎么认识的男人去度周末，这真的让我很吃惊。我不断提醒自己，说不定妈妈对他已经很了解了，只是我们还不那么了解他，而他看上去是个挺不错的男人。当初妈妈要是先不告诉阿尔娃，或许事情会更简单些。可现在一切都已摊牌。妈妈也太老实了，什么都跟我们说。

我今天带阿尔娃去了我打工的地方，免得她老想妈妈的事。我向乔治先生介绍了阿尔娃，并且告诉他，我今天一天都得带着她。我无意中发现，乔治确实是他的教名，他姓科斯维克。真有趣，他居然自称为乔治先生。乔治先生说，他这里可不是托儿所。他有时也不太讲理。我说，我知道，但阿尔娃在这儿可以帮着做点事，不会白待在书店的。我让她在书店储藏室打扫灰尘。我在收银台那边，远远听到她在里头打着喷嚏。十一点，我又派她去面包店给我们大家买油炸卷饼，还让她帮我们煮了茶。平时，我们都是在工作稍微空一点的时候才弄杯茶喝。现在有人给大家上茶，已经是很不错的待遇了。乔治先生抱怨那个油炸饼的糖太多了，又担心我们吃了油炸饼会把他的书弄得到处都黏糊糊的。说归说，他还是一个劲地拿饼往嘴里塞，我也就没太在意。

我自己付了油炸饼的钱。午饭时间，我带阿尔娃从书店里溜出来，给她买了几张唱片，是卡罗兰协奏曲转换的长笛曲子。她说想换换口味，学点传统音乐。有钱真好，可以买这些东西，处理事情也容易多了。我长大后很有可能做个谈判家，只要手头有钱，能买到一个油炸饼，我就能把事情搞定。鲍勃总说，一个油炸饼也许解决不了任何问题，但当你这样想的时候确实能让你感觉好受些。鲍勃在很多事情上总是很有见解。我承认，我挺想他的。

七月七日　星期一

周末的事情还是少说为妙。爸爸家里的气氛够紧张的，他和纳奥米的火气都很大。要是我们不在场，恐怕他们两个早就扯开嗓子了。身在爸爸家，却感觉自己是个客人，真是糟糕透了。当然，我没忘，这还是纳奥米的家，在她看来，我们就是客人。

我想说明一点，爸爸和妈妈当年离婚时态度很友好。真的。我是说，并没有发生什么吵架之类的事。当时可能是因为爸爸喝酒的问题吧。不过我们喝多的时候，爸爸倒从来不对我们凶巴巴的，只是变得有点伤感。

当然还有纳奥米。她现在是爸爸的“对象”。既然爸爸已经离了婚，她就称自己是他的“未婚妻”了。我老觉得这很好笑，人们觉得用了这个词，就能赢得别人的尊重。反过来说，她是所谓的“第三者”。不过，我喜欢她。她总是开怀大笑。她比爸爸年轻多了，真的，跟我们差不多。她会跟我讲发型啦、时尚啦、化妆之类的话题。我从没跟朋友们谈论过这些东西。或许，现在的女孩要比十年前还保守些。

我当然没有忘记，就是这个女人让爸爸离开了妈妈。不管妈妈在这件事上表现得多么平静，但当时她确实是很痛苦的。总的来说，错在纳奥米，或者应该说是纳奥米和爸爸共同的错。妈妈让我们周末来这里，我觉得她真的很大度。妈妈就是这样，做什么事都讲究公平、公正。所以我一直觉得妈妈该重新建立一段属于她自己的新感情。得尽量把这些道理讲给阿尔娃听！

我问妈妈，周末过得好不好，她说她玩得很开心。听她这么说实在是太好了。他们吃了超级大餐，喝了好酒，还去按摩泡了澡。我还从没泡过澡呢。听着有点怪怪的，但还是觉得挺不错。昨晚妈妈回来得很晚，可惜他们不能再多待一天。妈妈这段时间都有空，有时候她会做点园艺活。她做园艺活就像人家上班一样认真。然而，理查德每天早上八点就得坐在办公桌前了。我猜他做的是计算机方面的工作，那种工作简直累得要命。我原以为有了电脑，生活不再那么麻烦，会方便很多。可事实并非如此。

七月九日　星期三

乔治先生问我，能否让阿尔娃就中午的时段，去他书店上几个星期的班。阿尔娃激动得不得了，她还从没打过工。她明天就开始上班了。

七月十日　星期四

妈妈今天又是一副心不在焉的神情，好像在担心什么似的。可我每次问她："有什么事吗？"她又总是含含糊糊地说："没事，没事。"就走开了。我希望她和理查德之间没发生什么事。我想应该没事吧，因为理查德依旧常打来电话，每次他一来电话，妈妈就显得心绪不宁的。我觉得对她这个年纪的人来说，经常能跟情侣通话感觉应该很幸福。

阿尔娃工作表现不错。店里的人都很宠她，根本没把她当同事。这对她那性格可不好。也就是说，她不用干太多的活，只需到处逛逛，显摆一下自己的魅力就可以了。大家也都乐意她这样，人们总这样对阿尔娃。我真搞不明白。

七月十六日　星期三

鲍勃昨天又来书店了。我当时在储藏室拿《苏菲的世界》，为了给前台购书合补货。当我两手抱着一大堆书出来的时候，鲍勃已经在收银台附近逛来逛去了。储藏室里很暗，刚出来那会儿，店里的人看起来像皮影戏似的，在逆光中晃来晃去。等到眼睛稍微有点适应了，我便看到有个人在我面前走动，体形很像鲍勃。那人影整个模模糊糊的，带点紫色的光圈，像个幻影。我心里“咯噔”了一下，心跳随即加快，感觉全身的血液在到处乱窜。因为背光的缘故，我无法肯定这到底是不是鲍勃，然而鲍勃开口说话了。我的心又“咯噔”了一下，跳得更快了，感觉手上的书都要掉下来了，只好使劲抓住。我可不想这些书哗啦啦地倒在地上被摔破。

我都不记得鲍勃当时说了些什么。我唯一记得的只是他的声音。他的声音很嘶哑，一下就听出来了。鲍勃肯定是专门来看我的，因为我感觉他并没买什么书。他问了问我妈妈的一些事情，接着，很随意地问了我一句，下班后能不能跟他去喝杯咖啡。

我把书放在柜台上，慢慢地分成三排开始整理。我没说去，也没说不去，因为不知道该说什么。我想和他去喝咖啡，想坐在他对面，好好地跟他说上半天话；我想让他像以前那样，在我说话的时候摸着我的手指头，时不时地把我的头发往后拢；我还想让他像以前那样搂着我，送我回家，将我紧紧地抱在怀里，送上他那些令人心醉神迷的热吻。可我知道，我还是会让他离开，跟他分手。这样做不公平。跟他交朋友，让他陪着我，给我安慰，而我却跟他说再见。

我正在这儿胡思乱想着，突然又听到了那个嘶哑的声音。鲍勃这回贴近我耳边，再次发出了喝咖啡的邀请。我坚决地说：“不去！不去！”也许我的声音听上去有点歇斯底里，因为鲍勃什么也没说，转身走出了书店，留下我漫不经心地翻着书，一边低声来回数着："一二三，一二三。"我想让自己集中注意力，慢慢平静下来。

我一直想弄明白，我干吗要和鲍勃分手。我喜欢他，也想他，而且除家人以外，我觉得，鲍勃是我了解得最多的一个人。可我这会儿就是不想跟他在一起。这跟他没关系，真的。我想，主要是妈妈和理查德的事把我搞晕了。这个时候我真的不需要鲍勃，他只会给我增加负担。

七月二十一日　星期一

昨晚一切都乱了套。都快半夜了，爸爸抱着加文来敲门。我已睡着了，所以就没听到爸爸的车开进家里的声音，但迷迷糊糊的，感觉在梦里听到了门铃的声音。然后听到客厅里传来各种声音，还有小孩的哭声，便渐渐地醒了过来。我下了楼，看见妈妈穿着睡袍，头发扎在网罩里——我不知道妈妈有这样的网罩——站在门口，很生气的样子，压低了声音在说话。够闹哄哄的了，不知道妈妈为什么还要压低了声音说话。但我想这应该是人的本能反应吧，因为她知道有人在睡觉。客厅里有股冷风，而我只穿了睡衣和拖鞋，冻得上下牙齿直打颤。妈妈听到我的声音，回过头来，然后一把把那个在门外的人拉进来，关上了门。我这才知道原来是爸爸来了。加文的脸冻得红红的，满脸泪水，一只小胖手塞在嘴里，另一只不停地甩动着，不知是生气、不开心还是怎么了。

一开始我以为是加文出了什么事。我和妈妈一起把爸爸和加文带到了厨房。厨房里和客厅里一样冷，朝北的房间在夜里就会有这样很重的湿冷，即使是在夏天。日光灯并没有让人心情更好些，但这总比在客厅待着要好，因为阿尔娃随时都会下楼来。不管发生了什么事，阿尔娃只会把事情搞得更糟。她就有这个本事。

爸爸把加文放在餐桌上，好像他是一袋买来的东西似的。我注意到他也穿着睡衣，外面套了条牛仔裤。爸爸在餐桌边坐了下来，两手捧着头，根本就不管加文。加文嘴里塞着一只湿答答的小拳头，一直在大声地哭。看到爸爸坐在那个位子上，我心里感觉怪怪的。他已经有四年没来这个家了，可他却很自然地坐在他原来靠近冰箱的那个位子上。以前我们常说，爸爸坐在那里，可以帮我们每个人夹夹菜，盛盛饭。自从爸爸离开家以后，我们稍稍把座位往中间靠了靠，那是一张圆桌，这样就不至于留出太大的空间，所以，其实已经没有什么爸爸的老位子了，我占了其中的一半，妈妈占了另一半。可爸爸显然连想都没想，只是一个劲地要把椅子往那个地方挪。

看到爸爸根本没管加文，我就知道问题不在加文身上。看他哭得那么伤心，我就拿了张餐巾纸给他擦了擦脸，还是检查了一下他身上是不是有淤青、擦伤什么的。我把他的小手从嘴里拿出来，擦干。可他还是一个劲地哭，嘴巴张着，口水像一条蜘蛛吐出的丝，直挂到套在外面的围脖上。我替他擦掉口水，又擦了擦脸和嘴巴，然后往上轻轻地推了推他的下巴，把他的嘴巴合上。加文很奇怪地看着我，虽然还抽着鼻子，但不再张开嘴巴了，只是愁眉苦脸地坐在一块花呢格子桌垫上。爸爸根本就没注意看。加文眯着眼睛，渐渐地收住哭声。他哭的时候，小肚子一起一伏的。

我给他拿了块奇巧牌巧克力，想让他高兴点。巧克力并没有让他开心地笑出来，但他那双又大又圆的眼睛，在那张大圆脸上睁得更圆了。他对巧克力很感兴趣，张着小手，小心翼翼地剥开，认认真真、一小口一小口地吃了起来。奇怪的是，尽管他吃得那么小心，可是，嘴巴上、鼻子上还是到处涂满了巧克力，衣服前襟、桌子、湿乎乎的小手，到处都是饼干碎屑。其实奇巧牌表面也就那么薄薄的一层巧克力，三岁的加文居然有本事把巧克力弄得到处都是。

这会儿，妈妈和爸爸一直很急促地在低声说着话。我尽量让自己不去听，因为我感觉他们所说的事不是别人可以偷听的。爸爸身上有股酒味。我觉得他没醉，但很肯定他这样子是不应该开车的，何况还带着个孩子。我感觉妈妈也不可能就这样让爸爸回家。

我本该煮点茶，但又担心我一走开，加文会从桌子上掉下来。除了把他放在地板上，我想不出还能把他放在别的什么地方，可是地板太冷了。我开始轻轻地给加文哼曲子，让他安静些，也好让自己不去听大人们在说些什么。我怕听到他们谈话的内容。

加文很喜欢我给他唱歌。唱到他熟悉的歌，他居然还笑了。他吃完巧克力，开始拍着手跟着我唱，唱到不知道歌词的地方，他只是哼。不一会儿，他便举起两只手，要我抱。我把他抱起来，在厨房里跳着华尔兹舞步。爸爸和妈妈还在说话。我打开厨房门，转到了门厅。那里面有股地毯的气味，白天似乎闻不出来。加文慢慢地把头靠在我肩膀上，感觉越来越沉了。小身子软软的，但很结实。

我转着舞步去了客厅，里面也有股地毯的味道。好像铺了地毯的房间，晚上都会有这个味儿。我把加文放在沙发上，拿了块旧的针织毛毯盖在他小身子上。这块毛毯平时是盖在沙发上的，我们拿它来遮盖污渍和破洞。加文的嘴张开着，露出一口整齐的小乳牙。我又轻轻地推了推他的下巴，把他的嘴合拢。他把头向两边转了转，棕色的头发顺滑地搭在了额头上。小嘴巴虽闭着，却把牙齿咬得咯咯响。他呼吸得那么安静，我把耳朵贴在他脸上才听得到他的呼吸。他吸气的时候会发出一点点声音，呼气的时候却没有一点声息。我把门半开着，在半黑中站了一会儿，听着他浅浅的呼吸，悄悄地走开了。

厨房门缝里仍隐隐约约透出一些灯光，爸爸和妈妈的说话声时高时低。我回到床上，硬邦邦地躺着，两只脚像两块冰砖似的，眼睛睁得老大。我知道接下去的几个小时我会一直醒着。可一醒来发现已是早晨，妈妈正在叫我去吃早餐呢。我跑下楼去，担心加文是不是早掉到沙发下，躺在客厅地板上哭作一团了。可那儿并没有加文，只有沙发角上团着的那块花花绿绿的毯子。

妈妈看上去很累，似乎一晚上都没怎么睡。天知道她什么时候才把爸爸送走，又是怎么送走的。妈妈不可能让爸爸开车回去，肯定是她自己开车送他们的。

"什么也别问，宝贝。"我一坐到桌子边，妈妈就对我说，"看在老天的分上，什么都别跟阿尔娃说。"

这话听起来好像我要跟阿尔娃说什么似的。我很快朝外看了一眼，妈妈的车就停在路上。我敢保证，她的车昨晚是放在车库里的。

七月二十二日　星期二

今天早晨妈妈没起床。她属于那种醒了就不会再躺在床上的人。

这可不像她，七点半了，却没像以前那样，在厨房一边唱歌一边忙碌着。平时妈妈总在八点左右叫我，其实那会儿我也已经醒了，听着她在楼下走来走去，有时听到冰箱门轻轻地打开，一会儿又闷声闷气地关上。还有妈妈轻快的脚步声，和她带着呼气声的甜甜的女高音，还有早餐盘叮叮当当碰撞的声音。我们感觉，妈妈似乎觉得自己正站在用大理石镶嵌的大厅里，唱着《甜美的卡罗琳》呢。妈妈听的音乐有点杂，都是奇奇怪怪的歌。这是我一天中最美好的时光之一，暖烘烘地躺在被窝里，起床前还可以赖上几分钟，听着那些声音，感觉很舒服。

今天早上就不同了。大概八点一刻我才醒过来，马上就跳下了床。家里很安静。阿尔娃若没有物质鼓励，是从来不会起床的。洗完澡，穿衣服那会儿，我还是没听到任何声音，只有水流进热压机水泵时发出的响声。我得去看看妈妈，她不会有什么事吧。我突然担心她是不是昨晚悄悄地出门到别的地方去了。这想法很荒唐，像是小时候留下来的恐惧后遗症，时不时地会冒出来。或许也没那么荒唐，因为有天晚上她的确和爸爸开车出去了。

房间里黑漆漆的。妈妈房间的窗帘很厚，就算是夏天，只要拉上窗帘，房间里还是很黑。我听到了妈妈的呼吸声，知道她就在房间里。听她的呼吸，我感觉妈妈是醒着的，但她没说什么，好像假装睡着似的。

"妈妈，你没事吧?"我问。眼睛稍稍有点适应后，我能依稀看见妈妈睡在羽绒被下的身形。

她呻吟了一下。

"妈妈!"我害怕地叫了起来，"你没事吧?"

"没事。"她闷声说道。"很不舒服。可能是胃病犯了。"

“要喝点茶吗?”我问。

“给我来点伯爵茶吧。”妈妈答道。“别加其他东西,泡淡一点儿。能不能给我拿个水桶或者脸盆什么的?”

妈妈不舒服的时候,总想喝伯爵茶。我很快就泡好了茶,倒在一个杯子里,因为我要赶着去上班,还从水槽底下找了个白色的大碗,飞快奔上了楼。我还带了块毛巾,一包餐巾纸,一小瓶科隆香水,我想,那会让妈妈感觉振奋些。

妈妈这时已坐了起来,还好没有病到无法动弹的地步。妈妈感激地接过了茶,摆摆手让我把其他东西放下来。我把窗帘拉开,她下意识地向后躲了一下。早晨的阳光下,妈妈看上去很苍白。

“快把那瓶科隆香水拿走。”妈妈痛苦地皱了皱鼻子。“这气味让我想吐。”

这还不是香奈儿五号香水呢,可我还是觉得妈妈的反应过于强烈了,因为瓶子还没打开过。我把香水放在上衣口袋里,跟妈妈说了声再见。我已经没时间吃早餐了,但我没跟她说。

阿尔娃中午来书店时,我问她妈妈怎么样了。她一脸的大惑不解。

“她很好啊,”阿尔娃说,“没事啊。我走的时候妈妈在清洗烤箱。”

七月二十三日 星期三

今天早上,妈妈看上去很憔悴,但她说自己没事。晚饭之前她脸色都还挺红润的。阿尔娃跟朋友一起去了比萨店,毫无疑问,她会把在书店赚的钱一股脑儿花个精光。我炒了个鸡蛋，配了点芝士和荷兰芹。阿尔娃不在家时，我和妈妈就常吃这道菜，因为阿尔娃不喜欢吃鸡蛋。

"哎呀，科隆香水！"在我俯身给她盘子里拣一些鸡蛋时，妈妈叫了一声，随后就脸色发白。"在你口袋里，阿希苓。快拿出来，去丢掉！"

我拍了拍口袋。昨天早上放在里面的那一小瓶香水还在呢。我把它拿出来，妈妈做了个痛苦的表情。

"啊呀，"我说，"我都不知道你这么讨厌这个东西。好吧，那就都丢了吧。"

我把瓶子丢进了垃圾桶。

"爸爸和纳奥米没事吧?"等妈妈感觉好点了，我问道。

"事情还没完呢。"妈妈说，"可怜的加文。"

她好像不太想多说，看得出，她并不想我一再追问她，所以我只好自顾自地吃鸡蛋。我希望他们两个别分手。爸爸太喜欢加文了，要是纳奥米带着加文离开他，他会无法忍受的。如果真要分手的话，我觉得纳奥米会把加文带走的。

七月二十四日　星期四

我今天下班回家时，看到妈妈在门厅里哭。她当时坐在电话机旁边的座位上，两手抓着电话机，好像电话机是一个活的东西，或者木偶，或者生病的孩子。肯定是爸爸，我想，要不就是加文出事了。肯定是爸爸绑架了加文。

"妈妈!"我喘着气问道,"什么事? 怎么啦? 是加文吗?"

"嗯,"妈妈语无伦次地说道,"差不多。"

"怎么了? 怎么了? 爸爸做什么傻事了?"

"是的。"妈妈说着,拿纸巾轻轻拭了拭眼睛,"差不多。"

"哦,妈妈!"我大叫一声,一屁股坐在她脚下。"这太可怕了,你报警了吗?"

"报警? 警察? 阿希苓,你在说什么呢? 我干吗要报警?"

"如果爸爸带着加文逃走了,我们得制止他。"

"逃走? 带着加文?"

如果真是这样,那就太恐怖了。但妈妈开始歇斯底里地笑了起来,就是那种人们在特别想哭的时候发出的笑声,让人听了害怕。

"等你笑完了,你得告诉我到底发生了什么事。"我没好声气地说,感觉这事情一点都不好笑。

"天哪,我可怜的阿希苓。"妈妈说。她把我的头拉过去放在她大腿上,开始一绺一绺地给我整理头发。"对不起,我是说,那天晚上你爸爸他们吵架,看到加文哭得那么伤心,我就觉得阿尔娃和辛迪以后也够可怜的。唉,事情似乎一团糟,也许最好的解决办法是我别再跟理查德见面了。所以我说,这跟你爸爸和加文的情况差不多。"

我把头从妈妈大腿上挪开,伸出两只手来,轻轻地拉着妈妈的两只耳朵。这是我小时候常做的事。我把妈妈的头从这边摇到那边,又拿自己的额头轻轻地顶着她的额头。"可是,妈妈,"我说,"这不公平。你这是在拿自己的幸福冒险。"我感觉自己说的话像是出自哪部肥皂剧中的人物口中。可那真是我想说的。

“幸福。”妈妈重复了一遍这个词，好像她从没听说过似的。接着她又说了句“幸福”，好像经过了反复思考，你终于把一种外国水果跟一个遥远的国度联系到了一起。

“没错。可是，”妈妈接着又说，似乎把那外国水果又放下了，“我得先为你和阿尔娃想想啊。”

“别犯傻了。”我抗议道，“阿尔娃会没事的。她只是有点叛逆，这跟她的年龄有关。辛迪也一样。你要为她们放弃理查德，这太不公平了。”

“那你呢，阿希苓？”妈妈接着问道，“你为什么突然就不跟鲍勃见面了呢？”

我往后一仰，坐在了脚跟上，感到很奇怪。

“你觉得我一直没发现，是吗？”

“嗯……”

“你跟他吵架了，还是觉得事情太乱，理不过来？”

“嗯……”

我得承认我那会儿感觉很无助。我只会一个劲地说“嗯”。当然，我也点头了。

“你看，”妈妈接着说，“有时我们感觉生活千头万绪，就想好好把各种事情整理一下，处理掉那些生活中并非真正最重要的事情，好让我们看得更清楚些。多余的那些负担只会把我们累垮的。

有时我担心妈妈的思想工作做得实在太过分了些。什么叫多余的负担？难道我跟鲍勃见面就是多余的吗？妈妈在说这些话的时候，我只是摇了摇头，并不认可她所说的。

“走吧。”妈妈换了种口气说，“我买了点羽扇豆。你来帮我拣一拣吧。”

“你知道我不爱吃羽扇豆。”我说。

“我知道。就算是帮我一个忙吧。”妈妈说。

“你都这样说了，我还能怎么样？”我说。

七月二十七日　星期日

昨天真见鬼。轮到我倒垃圾，我一个房间一个房间地把垃圾收在一起，把垃圾桶一个一个地倒出来。我发现了一件很可怕的事情。我结结实实地吓了一跳。阿尔娃毕竟才十四岁啊。我的两条腿抖个不停，只好在浴缸边坐了下来。浴室的垃圾桶里有一盒妊娠检测剂，里面没有东西。我首先想到的是，那天我和鲍勃一起喝了爱心蜂蜜酒，我们还为强大的生殖力祝酒。当时我并不赞成这种说法，可当时我想的是我自己，我可没想这事如今轮到阿尔娃头上。我把那盒子撕得粉碎，用卫生纸包好，放到垃圾袋里。我不知道自己为什么要这么做。

半夜我就醒过来了，替阿尔娃担心。她太小了，怎么会发生这种事。她怎么这么傻呢？看看她一路是怎么受教育的。妈妈对我们从来不隐瞒这些事情，也交代得很清楚。阿尔娃不会不懂，而且平时也没少给她讲，不负责任的行为会导致哪些后果。我在想，阿尔娃说她要去参加锐舞晚会时，压根儿不知道自己在说什么。或许她去参加过好几次了，或许她现在就跟一群吃迷魂药、吸毒、抽烟的人混在一起。除了上帝，谁知道她跟这群所谓的朋友在一起时都做些什么呢。她们看上去是非常纯洁的好女孩，尤其是萨拉。可凡事都有可能，谁说得准啊。

现在担心这些已毫无意义，伤害也已经造成了。现在该思考的问题是，我们该怎么处理这件事。阿尔娃怎么办？她还是个孩子啊。无论心理上还是生理上，她都会崩溃的。哦，上帝啊！

一晚上，我的头一直在犯晕。我不知该怎么办。是先跟阿尔娃谈谈？那样是否会吓到她呢？或者我该告诉妈妈，让她来处理？那样是否又背叛了阿尔娃呢？不管怎样，妈妈肯定会全力帮助她的。我们两个都会的。我们会帮她把孩子带大，就像是多了个小妹妹，或者小弟弟。

这让我想到了加文，又哭了起来。我从未像现在这样不知所措。我需要找个人谈谈。我希望能和鲍勃谈一谈，他很理智。

我想我可以找他。

我觉得我应该找他。

我决定打电话给他。只要家里就我一个人，我就马上给他打电话。于是，我睡着了。

七月二十八日　星期一

是鲍勃接的电话。我飞快地把整件事情一股脑儿讲了一遍，他只是听着。如果是面对面地谈就好了，在电话里讲，心里老觉得不踏实。你会时不时地担心对方是不是一直在听你说，电话是不是断线了。讲着讲着，我就会停下来问一声："喂，喂，你在听吗？"

鲍勃一直在听我讲。我跟他讲了所有的事情——爸爸半夜跑到家里来、妈妈跟理查德出去约会、阿尔娃在书店里打工、辛迪简直不可理喻、我在垃圾桶里发现了一盒妊娠检测剂，一切的一切——等我说完了，鲍勃“嗯”了一声。

“鲍勃！”我简直是对着他吼了起来，“除了嗯，你不会说点别的吗？”

“我正在想问题呢，阿希苓。”鲍勃说。他听上去一点都不生气，要是换了我，早就发火了。

“哦，鲍勃，我实在是太爱你了。”我说，冲着那会儿他那一声深沉的“嗯”，也冲着他居然不急不恼的态度，我脱口而出。

“什么？你说什么，阿希苓？你说什么？”

鲍勃听上去很兴奋。

“嗯，我前面在说，我用卫生纸把那东西包起来了……”

“不对，不对，就那句说我的，关于我的，阿希苓。”

“说你嗯了一声？”

“是，是，是。”

“说我爱你说刚才那话的口气？”

“就这句，是的。好家伙！”

“可没有人说好家伙。还有，你听起来很像电影里的克利夫·理查①。”

“哇！老天，简直他妈的太棒了。哇！”鲍勃好像在电话那端发飙了。

“鲍勃，说话注意点。这是在打电话，别人会听到的。”

“你还是那样爱瞎想，阿希苓。不过对不起，我言辞不当。就你一个

---

① 英国籍歌手、演员、企业家、慈善家，出演过电影《英伦假期》等。

人在家吗?”

“当然啦。你觉得要是我身边有人,我还会给你讲所有这些事吗?阿尔娃和妈妈去花园中心了。”

“我现在就过来。你别走开。等等,你刚才说你只是发现了一只空盒子。测试结果也可能是阴性的,是吧? 一会儿见。你别走开啊。我十五分钟后就到。”

我压根就没想到这些,鲍勃太有理智了。也许事情真没我想的那么糟糕,也许真是阴性的。但一想到自己十四岁的妹妹居然要用妊娠测试剂,哪怕最终结果是她没怀上孕,我还是觉得事情很糟糕,简直糟糕透了。平时,我们也看过类似的纪录片,但从来没想过这种事情会发生在自己家里。

没到十五分钟,鲍勃就到了,他敲敲门。他总敲门,他们家的门铃坏了好几年了,所以他养成了敲门的习惯,却不记得按门铃。他敲门的声音听着像音乐似的。我没有马上去开门,想听他再敲一次。但他在敲第二下的时候,我突然觉得,我该马上去开门,不然太残忍了。我飞奔过去,拉开了门。鲍勃手上拿着一大束犬菊。我喜欢犬菊。简直难以想象,这么短的时间内他居然采来了一大把。他把花送到我面前,说:“献给爱我的姑娘。”

“为什么不是献给我心爱的姑娘?”我笑着问他。

“打住。”鲍勃说,“现在我们已经弄清楚的一点是,你爱我。我还没这么说呢。”

“我是这样说了。过来,吻一个。”

好了,大家都知道亲吻的感觉,我就不多说了。真的感觉很好。

然后我们谈了很久、很久。我把我们俩上次说话以后发生的事全都仔仔细细地说给他听。我指的是，我们最后一次正式谈话后的事，书店里那几次紧张兮兮的谈话不算。我问鲍勃，他觉得我该拿阿尔娃怎么办。

鲍勃这时放下茶杯，说："阿希苓，你一直在跟我讲这件事，可你从来没说过阿尔娃有男朋友。"

"她肯定有，这不用说。对啊，我们得把这个人也考虑进去，还有这个人的父母。天哪，我都没想到这些。"

"不一定。她可能没有男朋友。"

"你是说很有可能是一夜情之类的？哦，天哪，鲍勃，那更糟糕。"

"嗯，也有那种可能，但我们最好别瞎猜，还是得面对事实。我们现在不知道阿尔娃是否怀孕了。我们不知道阿尔娃是否有可能怀孕。我们也不知道测试的结果是阴性还是阳性。我们只知道，你发现了那个盒子。我们甚至不知道，这东西到底有没有人用过。也许只是个免费的样品，也许只是闹着玩的，也许只是个玩笑。也有可能是有人从街上捡回来的。"

"捡回家，然后放在垃圾桶里？"

"嗯，这好像不太可能。但我们不知道这到底是不是阿尔娃的。"

"那其他人呢……"

"说得对。"鲍勃说着，很确信地看着我。

"哦，鲍勃！"

我这才想到，谁还可能用到这个东西。

"哦，天哪。鲍勃！"

一想到这一点，我就呆住了。我开始哭了起来。我不停地哭，两个肩膀不停地抽动，整个身体似乎要哭抽筋了。鲍勃很无助地拍着我的后背，把我的头发从眼前撩开。他一个劲地亲我的脸，一边喃喃地说："阿希苓，别哭了，别哭了。嘘！别哭了。我不是故意要让你伤心的。别哭了。"

但我还是一个劲地哭。等我哭完了，又擤了好几次鼻涕，擦了把脸，鲍勃说："对不起，我不是有意的。这种事情实在不好说。"

"你本来就没说什么，鲍勃。你只是让我想到了这一层。"

"我不是有意不给你面子。我也不知道为什么就说了这些。"

"这跟面子没关系，简直就是一团糟。"

"也有可能就是阿尔娃。"鲍勃说，即使这样也不会让我感觉好一些。

"不，就是妈妈。这几天早上她一直感觉恶心。有天早上，她都难受得下不了床了。哦，鲍勃！"

我的泪水又涌了上来，感觉整个世界都撕裂了，所有的东西都不在原来的位置上，只有我一个人待在原地，其他的东西都在我四周上下波动、虚幻变化着。

"如果真是你妈妈的话，她会选择一个恰当的时间告诉你吧？这不是世界末日。她以前怀过孕，她能对付。"

"可是她跟理查德分手了呀。这才让人这么纠结啊！"

"那肯定是这之前的事。"

"是啊，也有可能她早有感觉。"

"可她不知道。"

"我们也不知道。就像你说的那样，有可能是阴性。而且也有可能是阿尔娃。我该怎么办啊，鲍勃？”

我无法想象为什么我期望鲍勃能告诉我答案。他毕竟只有十八岁，生活经验也不会比我更丰富。当然，有人认为男孩子的经验要比女孩子多些，其实不然。但确实，鲍勃是我唯一能想到的可以商量的人。斐黛玛是我在学校最好的朋友，可她这会儿与家人远在法国南部度假，而且这种时候，我觉得斐黛玛根本就帮不上我什么忙。我觉得谁都不行，除非有哪个人的妈妈可以出面帮帮忙。可现在没有。

“我的建议是耐心等待。”鲍勃说，“等你妈妈想好了，让她亲口跟你说。”

“那如果是阿尔娃呢？”

“你知道没那个可能性了，是吧？她是有点天真，但脑子很清醒。如果她真做了什么蠢事，她要找的第一个人就是你吧？”

“我想是的。”

“等等再说，阿希苓。耐心地等几天。也许什么事都没有，别这么担心。她是成人了，也经历过，而且都过来了。”

不知怎么的，我脑子里一直在想可怜的加文，穿着睡衣，外面套个吊带牛仔裤，小手塞在嘴巴里。

“高兴点，阿希苓。我去泡壶新茶。不舒服的时候喝点茶就好了，对吧？”

我以前怎么对鲍勃这么自私呢？他甚至连一句抱怨的话都没有。他算不上是那种令人着迷的白马王子，但说实在的，他真的是个不错的人。多余的负担！怎么能这样说他呢！

他说星期一带我去看《理智与情感》。他说我一定得看这部电影，他愿意再陪我去看一遍。他还不够有绅士风度吗？他不就是那个最爱我、对我最好、最支持我的人吗？我喜欢他衬衣领子上边那些卷曲的头发。

七月二十九日　星期二

昨天半夜，妈妈接了个电话，起码有一点多钟了吧。我们都睡着了。一听到电话响，我就惊醒了，好像电话就在我心口响似的。我是说，好像是这样。我感觉心在胸口怦怦、怦怦地跳。我用胳膊撑着坐了起来，感觉脑子很乱，梦似乎还在房间黑暗的角落里追着我跑，心脏却像磁场里的起搏器，怦怦乱跳。

加文！我首先想到了加文。爸爸和加文，很自然就想到了他们两个人，上次就是他们在半夜里吵醒我们。

电话还在歇斯底里地响个没完，晚上听起来比白天响多了。我从床上跳起来，感觉出了紧急情况——我只能想到紧急情况——飞快地跑下楼去。我们楼上没装电话。阿尔娃一直说这事呢，觉得妈妈应该在她房间装个电话。我现在觉得她说得挺有道理的。快跑到楼梯口的时候，我听到妈妈打开了房门。可我还是跑了过去，只想让电话别再响个没完没了的。我担心邻居就要开始敲墙了。

"理查德！"我喘着气，听到他的声音，问道，"出什么事了吗？"

"是阿尔娃吗？"他笑着问道。

"我是阿希苓。出什么事了？"

"没出什么事啊。你妈妈在吗？我用电话卡在打电话，一会儿就要没钱了。”

“电话卡？怎么回事？你在哪儿？真的没出什么事吗？”

“我在里斯本。”这回他不笑了。“能让玛格丽特接电话吗？”

“里斯本！”

“快点，阿希苓。”

妈妈已站在我背后。大厅里晚上很冷，她冻得直发抖。我没说什么，把电话递给了她。然后我跑到楼上，从她床上把羽绒被拉下来，抱着它又下了楼梯，裹在妈妈身上。她坐在那儿，抱着电话机，搁在锁骨那儿，轻声地说着话。妈妈做了做嘴型，对我说了声“谢谢”。我发现她脸颊上有道红红的印痕，可能是她刚才睡觉时压着一绺头发的缘故。

我慢慢地回到楼上，但再也没睡着。心还在怦怦地跳。不一会儿，我听到“嘀”的一声，妈妈把电话放下了。一会儿，我又听到“嘀”的一声，这回声音更轻，好像是电话又拿了起来，有拨号的声音，似乎是妈妈在拨电话。她大概拨了十二、三个数字，那是长途电话。肯定是妈妈打到里斯本的。他们打了很久，起码有十五分钟。

这需要不少钱呢，我想。我开始在脑子里做算术，想算一算到底要花多少钱，可是又不知道该从何算起，所以只是在想一分钟可以打多远。可是满脑子还在做算术。假如每一个时间单位的费用是十二便士，又假如打到里斯本的电话，每十五秒钟为一个时间单位的话，那么……不对，假如到里斯本的电话，每五秒钟为一个时间单位的话，现在又是低收费时段，那就假定为七秒钟吧，那么，就要乘以七，七乘以几啊？

我满脑子转的都是这些毫不相关又毫无意义的计算题。我得努力让自己停下来。一旦不做算术了，我又开始想，妈妈会跟他说些什么呢。

她一定是在告诉他怀孕的事。不然她也不会打回去，还打了那么长时间。妈妈打电话一直很小心。

感觉过去了好几个小时，我才听到电话挂上了。不一会儿，我听到妈妈上楼梯时疲惫的脚步声。

"妈妈？"我叫了一声，希望妈妈能进我的房间，我们可以好好聊会儿。

"睡觉，阿希苓。"妈妈说，没有任何商量的余地。

我听见她关上自己的房门，窸窸窣窣地回到床上。我的头感觉像块水泥砖似的。

今天早上，妈妈又没像平时那样按时起床。这次我没进去看，我知道是怎么回事了。我很快弄好了早饭，给她泡了杯茶。

"我们没有伯爵茶了。"我说，一边把茶杯放在她床边，一边拉开了窗帘。

"哦，是阿希苓吗？"妈妈说着，睁开眼睛眨了眨。"我肯定睡过头了吧。昨晚那电话，太晚了。"

"睡过头？哦，我以为你不舒服呢。"

妈妈没回答。

"你没事吧，妈妈？"我离开房间前转头看着她，问道。

她还是没说什么，但脸上有泪水淌了下来。

七月三十日　星期三

今天傍晚我回家时，妈妈正在院子里，跪在草垫上干活，手上还戴着专用手套。她甚至还有专用围裙，上面有口子，专门放小泥铲子等园艺工具。这是别人送给她的圣诞礼物。

我给她拿了杯冷饮。我最喜欢这样的夏日黄昏了，仍然是暖烘烘的，却又带着夜晚的清凉。鸟儿兴奋地飞来飞去，太阳光一片金黄，拉得长长的。我们围着一张小铁皮桌，坐在一颗胡桃树下的草坪上。我问妈妈感觉如何，还能不能做这些弯腰、下蹲之类的活。我尽量让她觉得我是真的很关心她，可不管怎样，妈妈还是从我的口气里听出了弦外之音，感觉我知道了什么东西，在判断或是在嘲解什么。

她把手放在脸上，挡住阳光，看着我，静静地说："你知道了，阿希苓，是吗?"

我说："是的。"

很长时间妈妈没说话。我想她大概是在想该说什么，要和我好好谈一谈理由。我有点紧张，等着妈妈打破沉默。她开口说话了，却问了个与此毫不相关的问题："是科隆香水吧?"

"什么?"我真的听呆了。"科隆香水? 什么科隆香水? 怎么了?"

"我受不了那些化学品的味道。"妈妈说。"最初几个月里，什么香水啊、气味很浓的香皂啊、洗衣粉啊，都会让我感觉恶心，全身起鸡皮疙瘩。我想这就是你能猜到的原因吧，因为我上次让你把那科隆香水丢掉。"

妈妈一说"最初几个月"，我心里就发颤。一切变得如此真实，既有实实在在的生理问题，还有医学问题，而我还一直停留在感情问题上，把它当作一个需要考虑后果的家庭问题而已。妈妈却已经把自己列入了孕妇的行列。我还不知所措，她却要开始谈什么 B 超、预产期、背痛、妊娠操。我懂这些行话。家里到处是孕妇手册和个体发展之类的书籍。

还有全身治疗、中药治疗、香料按摩治疗、巴赫花精疗法、顺势疗法、指压按摩疗法等等所有这方面的书。

怀孕已不再是我和妈妈仅仅探讨的一个话题，它已有了自己的生命。我记得当时想到这些话时，突然觉得这一切都成真的了。这就是生命，远远不只是跟浴室垃圾桶中的妊娠测试剂有关的怀孕事件了。这是新生命的开始，家里马上要有一个小宝宝了。

“哦，妈妈！”我突然哭了起来，扑倒在妈妈的怀里。我们紧紧地抱在一起，什么也没说。我不知道是否该说恭喜的话。我只是一个劲地在她耳边低声叫着：“哦，妈妈！”我每叫一声，妈妈就把我抱得更紧一些。

“好了。”她说，“把我放开，是科隆香水吗？”

“不是，不是科隆香水。”我说，“是……”

我突然停住了。我总不能告诉她我在垃圾桶里看到了那盒妊娠测试剂吧。那也太让妈妈没面子了。我当然也不能告诉她，我当初还以为是阿尔娃呢，还跟鲍勃商讨过这件事。这会让她很难堪的。

“啊呀，妈妈，”我用开心的语气说，“我怎么会知道那个科隆香水会让你有这么大的反应呢？你上次怀孕的时候我几岁？我才三岁啊！”

我们俩都笑了，之后，我们坐了很长时间，慢慢地喝着柠檬水。我们没说很多话，只是静静地享受着傍晚花园里的景色。喝完了，我就说，我该做晚饭了。

妈妈伸出手，把我前额的头发拢到耳朵后面。我小时候她就常这样。这一举动已代表了一切。

我问：“等会儿我能让鲍勃来家里吗？”

“让他来吃晚饭吧。”妈妈说，“阿尔娃不在家，他可以吃她的那份。”

阿尔娃又去萨拉家了。这次她带了睡袋，打算睡在那儿。阿尔娃和萨拉一起在她家时，就会使劲地做一番清扫工作。她们清洗浴室、餐具、冰箱，还洗地板。我想她们只是在玩过家家罢了。怪不得萨拉的妈妈很喜欢阿尔娃去她家。可她们从没在我家搞过卫生，我也不知道为什么。

我们过了一个很愉快的晚上，就我们三个。我用蒜和橄榄油做了一大碗面条，还做了一大盆沙拉。我们把东西拿到花园里，坐在胡桃树下吃。之后我们吃了鲍勃买来的草莓。我们谈了许多园艺、音乐、电影和食物之类的话题，都跟实际生活没什么关系。不过这样挺好的，像是现实生活的一个小小的插曲。

鲍勃得早点回去，因为他约了一个朋友在他家见面。我想，他大概是要告诉人家怎么上网。他也请我去，我也确实想去。我想跟他在一起，十指相扣，在路灯下的马路上闲逛。我也想看看他那小有名气的因特网。但我说：“不去了，下次吧。”

洗碗时，我问妈妈：“理查德什么时候会回来？”妈妈没说话，只是站在那儿看着洗碗水从防水孔里转下去。然后，妈妈说：“我们去散会儿步吧，趁天还没黑，就在小区里。”

八月一日　星期五

今天是我在书店打工的最后一天了，真的很怀念这段日子。我喜欢这份工作。有多余的钱可以买东西，感觉很好，虽然我把大部分钱都存了起来。十一点的时候，店里的人去买了些油炸饼，我想他们知道我喜欢吃油炸饼吧，因为有一天我买过。有个人还特意煮了一壶真正的咖啡，我们在乔治先生的办公室里办了个小小的聚会，他很隆重地将最后一个工资袋递给我，并在我脸颊上亲了一下，说我是明星员工。不管是哪种明星，从来就没人说过我是明星。

八月十五日　星期五

昨天，鲍勃的毕业成绩出来了。按照正常的标准来看，他已经考得很好了，但如果要进他特别想学的药剂专业，恐怕还差一点，所以他非常失望。这似乎太不公平了。换了别人，有他这个成绩，绝大多数人都会高兴得不知所措的。

他们中有些人觉得自己无论如何都该庆祝一番。我们去了市区，在圣殿酒吧区转悠。大大小小的酒吧里到处都是人，人们似乎都跑到街上来了，到处可见那些喝得兴高采烈、疯疯癫癫的人。但鲍勃一点都不想庆祝。我(至少是我让妈妈)给他买了瓶小瓶装的香槟，一瓶最多也就一杯的量，跟飞机上提供的那种差不多，可鲍勃连瓶盖都没打开。他情绪很差，提不起劲来。真的是太遗憾了，因为他的成绩非常好：两个优秀，加上一大串优良。昨晚在市区闹事的几个笨蛋，他们的成绩最多只有鲍勃的四分之一，但他们却自得其乐，开心得不得了。这么好的成绩，我们居然还这么闷闷不乐，简直是太不正常了。我们只吃了个汉堡，很早就回了家。

八月二十一日　星期四

妈妈邀请了理查德和辛迪下周日跟我们一起吃午餐。

“我以为你们早就分手了呢！”阿尔娃说。

“嗯，是的。当时我们已经决定暂时不见面了。”妈妈认真地答道，“所以他在节假日外出了一段时间。但我们一直是朋友。”

“朋友！”阿尔娃哼了一声。

“是的。”妈妈说话不偏不倚，“我们一直保持电话联络，然后我决定，我想，不管怎样，我得再和他见一面。”

“哦，你决定了，是吗？”阿尔娃真的有点放肆。

“阿尔娃，”妈妈坚定而又平静地说，“如果你不喜欢理查德，或者也不希望我和他约会，那我只能说我真的很抱歉。但是事情很复杂，有些事情你根本就不懂。”

“比如说？”阿尔娃的语气还是很挑衅。

“阿尔娃！”妈妈说，“阿尔娃，你该知道，有些私事是不该问的。我和理查德的关系自然有一些众所周知的原因，可我必须得考虑你们姐妹俩，还有辛迪。无论你喜不喜欢我的决定，你都必须相信，阿尔娃，我考虑了方方面面的事情后才做出了最后的决定。我想让你明白，每一个决定对我来说都不是随随便便就定下来的，我是经过认真考虑的，我得考虑我们所有人的幸福。”

“哦，天啊！”阿尔娃说道，“省省吧，别给我上课，留着给你的学生去讲吧。不管怎样，你考虑过我们大家的快乐了吗？我讨厌理查德，讨厌辛迪。我不想跟他们有任何关系。我要去跟爸爸住！”

阿尔娃说完，家里一片死寂，沉默像一块大石头，静静地矗立在那里，挪不动，打不烂。

似乎过了很长一段时间，妈妈说：“阿尔娃，你不能去你爸爸那边。按照约定，你得和我住。”

阿尔娃看上去难过极了，坐在那里，盯着盘子，没有哭，也没有大喊大叫。但以下的每一个字仿佛都是她从牙缝里挤出来的：“我才不管你们当时是怎么约定的，我要是想和爸爸住，你就别想拦着我。”

“阿尔娃，如果你真想去，认为这样会更幸福，而且我觉得你爸爸也能照顾好你的话，我肯定不会拦着你。但是这根本就不可能，宝贝，真的，到时你只会觉得更加难过。”

“那你为什么就不能不做那些让我难过的事情，让我安心待在这里呢？”

“我并不想让你难过，我只是觉得我这样做对我们大家都好。如果你真的觉得很不高兴的话，下周日的午餐你可以不来。我可以打电话给你爸爸，看看那时你是不是可以去他那儿。”

“好，就这么办。”阿尔娃低声说道，“但是你做这些事，根本就没想为我们好，你只是自己想做这些事而已。”

“够了，”妈妈突然打断阿尔娃，“我受够了，听见没有？我已经厌烦了跟你解释那些你不了解的情况，因为你根本就不想听。好了，我说了那天你可以去找你爸爸，我们的谈话就此结束，好吗？”

八月二十三日　星期六

今天,妈妈把她怀孕的事情告诉了阿尔娃。当时我正在楼上的房间练琴,前些日子我在书店打工,根本没时间练琴。我听见阿尔娃冲到楼上,把门摔得“砰砰”响。我那会儿没有很在意,因为这些天她一直动不动就发火。今天轮到妈妈烧菜,我下楼准备帮她摆餐具的时候,发现她呆呆地坐在桌边,没有哭,也没有做其他事,只是定定地愣在那里。我这才知道阿尔娃刚才肯定很过分。

我问妈妈怎么了,她叹了口气,说:“我给菲利普(我爸爸的名字)打电话说,阿尔娃下周想去他家,可他说阿尔娃最好别去,因为纳奥米的神经已经很脆弱了,阿尔娃要是去的话,会让她疯掉的。更何况加文得了水痘。这只是个借口,加文下周就会没事的,我没有反驳他。很明显,你爸爸不想让阿尔娃去他家。我只好告诉阿尔娃她不能去。阿尔娃大发脾气,又开始说我不应该和理查德约会,她很讨厌辛迪和理查德,还说什么我根本就没把她的幸福当回事。没办法,我只好把怀孕的事跟她说了。她说了一些很难听的话,摔了门就出去了。唉,阿希苓啊!”

“我去跟她谈谈。”我说。

我上楼,走到她房门口,试着开门,可门是锁着的。我听见她在门后哭,便一个劲地敲门。她知道是我在敲门后,就让我进去了。我坐在床边,用两手抱着她。我们谈了很长、很长时间,谈了很多事情:学校,衣服,电视节目,根本就没谈妈妈、理查德,还有怀孕的事情。我给她梳头发，尝试了各种各样的发型，但是她的头发像妈妈一样十分浓密。绑起来不好，编辫子也不好，最后我们还是用了她原来的发型。她让我给她化妆，可是，除了涂点口红，我从来不化妆，她说那也可以。所以我去拿了三种不同颜色的口红，她全都试了一遍，然后选了一支棕色的口红来做眼影。听上去好像不靠谱，但是效果不错。她看上去很漂亮。

我们讲到了男生，接着她告诉我，她曾经在三年级的时候，暗恋过一个名叫艾顿的男孩，他是轮滑冠军。后来她发现艾顿喜欢的是模糊乐队，而她喜欢的却是绿洲和男孩地带乐队，就不再喜欢他了，就好像任何喜欢绿洲乐队的人都会讨厌模糊乐队似的。我笑话她，因为我从来都不知道这些。对我来说，这只是流行音乐。“总之，他支持埃弗顿。”阿尔娃说，她几乎用了一种极为厌恶的口吻，仿佛这对她来说就是最大的侮辱。“他还是个音盲。”她加了一句。

“这大概就是他喜欢模糊乐队的原因吧？”我问。

“不对，不是这样的。”我觉得她说得很客观，“这与音乐无关，他只喜欢乐队里的这个人或那个人。但是对音盲来说，就意味着他不能像我们一样理解什么是真正的音乐。如果他知道我在吹长笛，他可能就会觉得那很愚蠢、很做作等等。”

“拉低音提琴就更傻了。”我说。

后来我们横趴在她的床上，翘着腿，摇来摆去的。阿尔娃问了我一些鲍勃的事情，问我为什么和他分手，分手之后又为什么重归于好。我说我也不知道为什么，自己也弄不明白，因为我想他，所以就又跟他好了，这是真的，但也不全是真的。阿尔娃跟我说，她觉得自己肯定不会有男朋友，因为她不够漂亮。这句话听得我心里十分难受，之前我居然还以为是她用了那盒妊娠检测剂呢。

我告诉她：第一，她真的很漂亮；第二，长得漂亮当然有用，但不是最重要的，两个人走到一起还有其他各种各样的原因。总之，许多十四岁的人都这样想，而且很多人到了二十五岁就真的结婚了。"而且，"我又很聪明地加了一句，"有没有男朋友真的不是最重要的。"

"不，这是最重要的。"她回答说，"你是没关系，因为你有鲍勃，你看看妈妈，看看她现在的处境，她没有男朋友就不能活。男朋友确实很重要，阿希苓，虽然我知道这不该是最重要的，其他重要的东西还有音乐啦、上帝啦、尊老爱幼啦、保护环境啦、社区活动啦、学业啦、事业啦，但是这些和男朋友是不能比的。"

我想，某种程度上来说，她是对的。尽管我知道事情并不像她说的那样。可那真的很要紧啊。

九月一日　星期一

新学期开学了，我升入高三。每个人都在说，这一年很重要，一定要好好学习。鲍勃下个月就要去读大学了，他读工程专业。

我慢慢觉得阿尔娃说得没错，辛迪真的让人无法忍受。刚开始我还有点不确定，但是昨天她实在让人受不了。她这次穿得倒还得体，不过有点得体过头了。她把头发全扎了起来，做了一个很夸张的发型，看她脸上那妆容，我简直恨不得去拿块洗脸毛巾来。她挽着她爸爸的胳膊，好像他属于她一个人似的。她在客厅里东看看西看看，好像要把这座房子买下来，但是为了压价，又要表现得不屑一顾。我感觉我应该立马跑去把靠垫拍松，把那些她不愿意看到的东西藏起来，但好像所有的东西她都看不上眼。“傲慢无礼”是我唯一可以想到的词语。

妈妈真可怜，整顿饭她都紧张得要命。理查德想让她喝点红酒，他应该比谁都了解妈妈的状况。我和阿尔娃乐得跑到厨房里去洗碗，我担心辛迪会过来帮忙，给妈妈和理查德一个单独相处的机会，但是她没过来。我不知道她是否知道妈妈怀孕的事情，如果她不知道这件事，万一阿尔娃说漏了嘴，那就太可怕了。

我拿着咖啡走进餐厅时，里面静悄悄的，什么声音都没有。不是因为大家都没讲话，倒让人觉得他们是从未见过面的陌生人。那种安静，就像是进了医生的候诊室，满屋的陌生人，彼此间无话可说。为了缓和气氛，我说：“我们玩‘大富翁’吧。”辛迪像个小孩似的，两眼一亮，喜形于色。很好，我想，我终于找到她喜欢玩的东西了。

“你可以做银行家。”阿尔娃一边打开棋盘，一边大方地对辛迪说。

她做了游戏中的银行家，但她作弊了。我们都看在眼里，但是她照做不误。她自然是每一局都赢。真高兴看到他们终于走了。

九月二日　星期二

昨天，阿尔娃买了一件礼物给我。当时我在房间里练琴，她神采奕奕地走进来，说给我带来了一件很特别的礼物。她说这并不是生日礼物，是为了感谢这阵子我能一直忍受她的坏脾气。我很开心。我想可能会是一盒玫瑰花之类的东西吧。然而，那是一张男孩地带乐队的海报，和她房间里的那张一模一样！阿尔娃对自己的行为很满意，为了不让她失望，我假装很喜欢。我千恩万谢，把卷起的海报放在抽屉里，希望她一走开，就会把这件事忘了。但过了没多久她又回来了，还带了一包蓝色贴墙胶，坚持要亲手将海报贴在我床头的正上方。她甚至还把我原先贴在那里的莫奈的《睡莲》移到了对面的墙上。这样也好，至少我躺在床上的时候不用天天看着男孩地带，而且在睡觉之前欣赏欣赏对面墙上的《睡莲》也不错。

九月三日　星期三

自从阿尔娃说她不希望妈妈和理查德结婚后，晚上我的脑袋一直在嗡嗡作响。

我说："我认为这不太可能，至少眼下不会，妈妈不赞成人们只是因为怀孕就非结婚不可。"阿尔娃说："那是针对年轻人的说辞，大人们对自己的标准跟对年轻人的标准不一样。"她还说，"要和那个讨厌的辛迪做姐妹，简直要命。"

她说那些话时，我感觉好像被人刺了一刀。确切地说，好像又不是，因为感觉并不明显。也许更像是被人重重地打了一棍子。"她只是名义上的一个姐妹而已啊。"我最后说道。我说这句话的时候，感到自己倒吸了一口冷气。

"那没错，可是我们不得不住在一起啊。"阿尔娃说。

“得了吧，阿尔娃，我说，开心点，别自寻烦恼，不管怎样，又没有证据说他们打算要结婚，往好处想想，想想那个小宝宝，说不定很可爱呢。”

“也有可能长得像辛迪。”阿尔娃快快地说。

这我倒没想过，也没想过要把这个小宝宝跟辛迪联系在一起。我想他归我们，只属于我们三个人。最多会想到跟理查德有点关系，而不是辛迪。我从没想过辛迪。

一想到那个孩子会和辛迪联系在一起，我就很不舒服。就像你在看电影时，里面有一个恐怖的片段，伴随着一些恐怖的背景音乐，让你感觉到那种恐怖的气氛。我觉得妈妈肚子里的孩子似乎是别人家的，觉得很陌生。真想让自己窝在家里，不让别的人进来。

可怜的鲍勃。我知道我对他很不公平，在短短的几星期内跟他分手了两次。我一想到辛迪和那个小宝宝，心里的感觉跟上次在保龄球馆时出现的那种感觉一样。我感到自己无所适从、孤立无助、茫然困惑，觉得除了自己、妈妈和阿尔娃，无法再对付任何人，仅此而已。所以写完作业我就给鲍勃打了电话，邀他出来走走。

我们沿着房子一圈一圈地走，想说说话。但总是不断地碰到一些人：有出来遛狗的，跑步的，有来叫孩子回去睡觉的，他们都停下来要和我们说上几句话。想必是邻居们对我家的情形都略知一二，因此想探究个所以然。平常他们也就打个招呼而已，不会这么贴心地跟我聊上那么久。我们碰见了琼·梅丽根，她刚从商店赶回来，手里拿着那种一般人们都是用来装酒的细长纸袋，我想里面装的只能是杜松子酒。她看到我，便停下来特别问及了妈妈的事情，之后给了我一个意味深长的眼神。也许并非如此，也许琼说话本来就这样，喘着气，絮絮叨叨的。是我太敏感了，还是怎么了？

总之，断断续续地，我一直在和鲍勃解释我所有的感受，但是这次，他感到又生气又伤心。我觉得他应该对我生气。他说我一旦自己无法承受，就把他当出气筒，我没有否认。是的，确实如此。但是我告诉他，如果我继续拿他当出气筒，我就太不实诚了，就算现在没有和他分手，以后我还是会跟他分手的。他似乎并不同意我所说的这些，但也没有继续说什么，只是一路默默地和我走回了家。之后他简单地和我说了声晚安，便匆匆走了，甚至连象征性的吻别都没有。看着他的背影逐渐消失在巷子的尽头，我心烦意乱、狂躁不安。我想大声跟他说对不起，希望他能回到我身边，但是我明白，即使我这么做了，接下来的几周内，我又会跟他说分手。这次我比谁都清楚，我只是难以抛开一切，去处理我和鲍勃之间的关系。我感到难过极了，很想哭，眼里却没有一滴泪水。

九月六日　星期六

看来阿尔娃是对的，我错了。妈妈和理查德订婚了！妈妈甚至还戴上了戒指，她昨天展示给我们看。那是一枚白金细戒，上面镶嵌着几颗碎钻，漂亮又不张扬。但是她把它放在了她卧室抽屉里的一个小丝绒盒子里，因为还不够“正式”。对我来说，有戒指就相当正式了，我觉得，妈妈说它不正式，可能是指辛迪还不知道这件事吧。

妈妈给我们看戒指的时候，阿尔娃什么都没说。我试着说一些打圆场的话，也不知道说得对不对。事后，阿尔娃跟我说，她希望辛迪可以尽早去上大学。她的意思是，如果妈妈和理查德结婚了，我们就得住在一块儿。可是我们家没有多余的房间，所以有可能我们要搬过去和他们住。我讨厌那样。我是在这所房子里长大的，我爱它，这里才是我的家。

但是我告诉阿尔娃，为了让我们方便而让辛迪搬出去是不太可能的。我试着让她从辛迪的角度来看问题。我说我们只能忍受这种状况，也许随着彼此理解的加深，我们会相处得更好。在我说这些的时候，她只是敲着桌子，扬了扬眉毛。我真想去提醒她，因为有时她真的让人很想发火。

坦白说，这场订婚让我能想到的最美好的事情也就是那枚戒指而已。这想法可不太好。

昨晚我又听到阿尔娃在房间里哭了。

九月九日　星期二

突然有一个很糟糕的想法。阿尔娃会不会决定去和爸爸一起住，或者，她想去和爸爸一起住呢？爸爸并不想让她去。就连上次她想去他那儿躲理查德一天，爸爸都没让她去成。真希望阿尔娃压根儿就没想过要去，因为如果爸爸拒绝她的话，她会伤透心的。

九月十二日　星期五

昨晚睡觉前，我穿着睡衣去了妈妈房间。她正躺在床上看侦探小说。刚开始我都不知道该怎么说。我总不至于说，妈妈，你这次订婚有问题。她当然也知道，她一直都很清楚。她放下书，轻轻地拍了拍床边，示意我坐下，然后说："我知道，阿希苓，我和理查德订婚让你很难接受。"

我一屁股坐下，说："不，不，我没有。是阿尔娃。"

当然，这不仅仅是阿尔娃的问题。

妈妈先是叹了口气，是那种只有说到阿尔娃时才会有的叹气，然后她说："我们结婚，多半也是因为阿尔娃的缘故。"

这完全出乎我的意料。

"是因为阿尔娃！"我大叫了一声。

妈妈轻轻地笑了笑，说道："我知道这听起来很可笑，我知道阿尔娃认为这纯粹是一种自私的行为。"

"没有，没有。"我很认真地插了一句。妈妈举手阻止了我，继续说："阿希苓，你看，我可以告诉你发生了什么事，因为你比她大几岁，也更成熟，但是你不会告诉阿尔娃的，对吗？"

我答不上来。舌头好像打结了一样。还有什么惊天的秘密呢？还会有更多的打击吗？我点了点头。

"你知道，你爸爸前段日子过得挺艰难的。"妈妈说。

爸爸！爸爸和这个究竟又有什么关系？

"唔，"妈妈继续道，"事实上，我想那段日子不仅仅很艰难，他简直就要精神崩溃了。但是不论是因为什么，他对我和理查德的关系表现过激了。不要问他是怎么知道的，这是个小地方，消息传得很快。总之，他开始恐吓我，说会为了争取你们两个的监护权而去控告我，尽管我觉得你们已经长大了，可以自己做决定了。这正是阿尔娃想要的。我一开始还笑他，但是他一本正经地说，他要在法庭上宣布我是一个不称职的母亲。”

听到这里，我的舌头终于不再打结，脱口而出：“不行，不行，妈妈！”

妈妈再一次阻止了我，继续说，仿佛要一口气说完才行。

“我知道，我知道这很荒唐，如果事情发生在六个月前，他根本没有胜诉的可能。但是如果我怀了孩子的话，那么一个非常保守的法官也许就会同意他的观点，虽然那不太可能，但是我必须考虑到这个可能性。”

“可是，他也有个孩子，他也没有结婚啊。”我说。

妈妈无奈地笑了笑说：“你没听说过双重标准吗？总之，他把那称作一种‘稳定的关系’。”

“难道你不是吗？”我怀疑地问道。

“可我无法证明那一点。我和理查德认识的时间不长。只是觉得情况不那么乐观。”

我可以理解妈妈所说的话。事实上，那样想的时候，事情会显得很糟糕。

“你看，”妈妈说，稍稍高兴了一点，“他可以把阿尔娃从我身边、从我们身边带走的可能性微乎其微，特别是考虑到他自己也这么不稳定。但我不想让他借此来恐吓我们。我不想让这个家庭陷入那种情感战争。我相信，只要我安安稳稳地跟另外一个人结了婚，他就不会再想要找我们的麻烦。他是那种比较老派的人。”

“但是，妈妈，”我说，“你不能因为这个理由就跟理查德结婚吧。”

“就是这个理由，”妈妈说，“实际上这理由还真不错，也是我能想到的最好的理由了。我同意，若这是结婚的唯一的理由，对于一桩婚姻来说它的基础就太不牢固了。可事实是,我也爱理查德,我认为这一点很重要。"

我拥抱了妈妈,在拥抱的那会儿,我在她耳边轻轻地说了句:"恭喜你,妈妈!"

她也轻声地说:"谢谢。阿希苓,你也是真心喜欢理查德的,是吗?"

我点点头。可我必须得诚实,所以当我转过身时,我加了一句:"其实我担心的是那个讨厌的辛迪。"

"讨厌的!?"妈妈说,假装很吃惊的样子。

"阿尔娃是这么说她的,"我说,"不过,她说得没错。"

"亲爱的,对不起,"妈妈然后说,"真对不起,有时候她是很难对付,可我们得原谅她。这对她来说也很难,她又刚刚失去了妈妈。如果我能想出一个方法,可以让你们不要受这么多折磨,我一定会的。你也知道,当时我都准备要放弃他了,但是肚子里的孩子实在让我没得选择。"

"可怜的孩子,"我说,"我们再不能把他当成一个麻烦了。如果我们都认为他是块绊脚石的话,他以后的人生该怎么开始呢?"

"你怎么知道一定是个男孩呢?"妈妈笑着问,那种笑是所有母亲在别人说到自己孩子时才会有的。

"我不知道。"我说,"但我知道我真的很想要一个弟弟,因为我不想再要一个妹妹了,光是一个辛迪就够我对付的了——我希望能有一个像加文那样的弟弟,生活在我们自己家里。可怜的加文,希望他一切都好好的。"

今早上学前我特别想给鲍勃打个电话,跟他问声好。但我知道我不仅仅只想和他问好。我真正想和他说的是最近发生的一切,然后问问他的看法。可我做不到。这对他来说不公平。况且,我的家庭生活不是别人用来连续转播的肥皂剧。

九月十九日　星期五

现在,总算是正式的婚姻了。婚礼定在十月二十日,辛迪也通知到了,但是我们没有在报纸上发通告。我想那本来可以很好玩的。阿尔娃和我本该站出来宣布婚事,一般都是由新人的父母来宣布的,可妈妈不想那样做。我想,在结完婚之前,她不想让爸爸知道。

妈妈开始戴戒指了,仅在晚上,她不会戴到学校去。那只是一点点的表示而已。她再也不能穿那些平时穿的瘦身短裙了。一切都让人感觉更加真实。

九月二十八日　星期日

昨天我和妈妈一起去买孕妇装。孕妇装专营店的衣服价格实在太昂贵了,所以我们只好去百货商店,看看那些大尺寸的连衣裙。我们买了两件连衣裙,没有一件好看的,但是妈妈坚持说没关系,只是穿几个月罢了。之后,我们去喝了咖啡(我请的客,妈妈无论如何不会想到要花钱去咖啡店喝咖啡,家里一样可以喝到好咖啡,而且只需四分之一的价钱)。我打开袋子,拿出连衣裙抖了抖。这两件连衣裙的重量是不一样的，一件是纤维做的，可以在现在这样天气比较温和的时候穿。另一件是羊毛做的，相当宽松，天气冷的时候，可以在里面多穿几层。妈妈一直说，怀孕的时候不用穿得太暖，因为肚子里的孩子够让你保暖的。我不太相信这话。总之，那两件连衣裙对妈妈来说实在是太长了，因为那是给体型更大的女人穿的。所以我们不得不花上几个晚上的时间进行修改，可无论怎么改，它们依旧太宽松了。

我绝望地盯着它们看，突然痛苦地说道："妈妈，你可不能穿这里面任何一件衣服去结婚！"

"为什么不行？"妈妈漫不经心地问道。

"因为它们太土气，太寒酸，太不像样子了。"

"没关系，"妈妈说，"那只不过是注册结婚，低调处理吧，我穿什么都无关紧要。"

天哪，那简直是在胡说八道。一个女人居然不关心自己婚礼那天的样子！

"想想那些照片，妈妈！"我说，"想想你二十年后重新回顾婚礼的情景。你不想让菲都狗在翻看父母结婚照的时候尴尬难堪吧。"

"结婚照！"妈妈震惊地说，仿佛我说的是"婚礼直升机"似的。

"是啊，妈妈，在这种场合，人们都要拍照的。"我说。

"嗯，我们用不着那样做，婚礼会——"

"低调。好，好，我们也不用非得这么专业不可，可至少我们得拍上几张照片吧。你得帮菲都狗想想，那可是他家庭历史的一个组成部分。"

"别叫他菲都狗。"妈妈说。

"别转换话题，"我说，"下星期我们还要来一次市中心，到时给你买几件得体的衣服，在婚礼上穿。”

“不用了，阿希苓，”妈妈说，“真的不用买。”

就在那时，鲍勃走到我们桌子边，托着一个托盘，托盘里放着一只茶壶和两个杯子。他和他的朋友杰勒德在一起。杰勒德手上拿着摩托车的头盔。他肯定有一辆摩托车。

“你好，阿希苓。你好，玛格丽特女士。”鲍勃说。

“你好，鲍勃！”妈妈愉快地说。

我把我身边的那把椅子拉出来让他坐，但是他在打过招呼之后，托着托盘一直往前走了，杰勒德向我们两个点点头，跟在背后。他们挑了一张离我们最远的桌子坐了下来。

妈妈看着我。我不知道当时我的表情如何，那种感觉就好像我是全班唯一一个没被选进足球队的人。

“好啦，阿希苓，我们走吧。”妈妈说。

十月八日　星期三

关于婚礼总会有一些分歧，我猜这是很常见的。妈妈要我和阿尔娃当她的伴娘，但理查德说这样不公平，除非辛迪也当伴娘。妈妈说：“当然可以啊。”随后理查德却说辛迪不想当伴娘。妈妈又说：“没关系，她不是非得给我当伴娘不可，有阿尔娃和阿希苓就行了。”可理查德又说，如果辛迪不做伴娘，那么我们也不应该做伴娘。

“可那是辛迪不想做伴娘啊，理查德。”妈妈说。

"我知道,我知道,"理查德说,"可我仍然认为,如果辛迪不做伴娘,让阿尔娃和阿希苓再做伴娘还是不合适。"

"不会的。"妈妈语气尖锐地说。

"会的。"理查德说。

妈妈认输了,阿尔娃对此大为光火。我说这没关系,但阿尔娃说那关系可大了,这可是我们的妈妈结婚,而我们却被拒绝去见证她的婚礼,就因为一个自以为是、娇生惯养、卑鄙阴险的母狗。

妈妈说:"阿尔娃,以后再也不能这样说辛迪了,辛迪过得也不容易,毕竟——

"好吧,"阿尔娃说,"她刚失去亲人,悲痛欲绝,是的,是的,我知道了。"

然后,她说她以后再也不说她是母狗了,但是其余的用词没有错。

妈妈也没多说什么。之后阿尔娃告诉我,她之所以不再用"母狗"这个词,是因为这样形容对狗不公平。

十月十七日　星期五

不能当伴娘这件事,始终让阿尔娃耿耿于怀。我想,大概理查德的一些亲戚朋友会做婚礼的正式见证人。所以我提议,我们穿上华美的新礼服,就好像真的伴娘一样,在所有的照片里我们都可以站在妈妈的身边,别人没必要知道我们是否正式签字报到,做妈妈的伴娘,真正做了见证才是最重要的。阿尔娃闷闷不乐地说,也许那样也行得通。

我不知道该从哪儿筹钱买我和阿尔娃的礼服，毕竟所有的钱都花在妈妈的礼服上了。是的，我终于说服她，别在婚礼上穿那些难看的孕妇裙。我们给她买了一件漂亮的米色丝质衬衫和一条束带的宽松米色羊毛长裤。这身打扮看上去简单而优雅。但是，如同所有这些看似简单的东西，它也是极其昂贵的。

当年结婚的时候，爸爸给妈妈买了一串珍珠项链作为礼物，妈妈在婚礼那天戴过。除了她那副假的珍珠耳环和那枚订婚戒指以外，这是她仅有的珠宝。因此，我说，这次婚礼她应该把珍珠项链戴上，配上丝质衬衫会非常好看的。她说她肯定已经不能戴了，我知道她的意思。所以，接着她把项链塞到我手里，说："给你，阿希苓，你戴上吧。我不可能再留着这条项链了，你戴吧。"

这条珍珠项链给我戴，似乎显得有点老气，但真的很漂亮。我会在婚礼上戴，之后就收起来，等到稍大一点之后再戴。

不管怎样，我们三个打算星期六去市中心，用信用卡给我和阿尔娃买几件像样的衣服。等到账单寄回来的时候，妈妈已经结了婚，我猜理查德会买单的。不用担心钱的问题，这感觉真好。这是重点。

十月二十一日　星期二

婚礼办得很简单，也很快。事实上，这更像是走程序。令人失望的是它一点都不像一个仪式。直到所有事情都结束了，辛迪才露面。我认为她不该那样。婚礼之后我们去喝了咖啡,然后回到他们家,我们刚要开香槟时,辛迪回来了。她满脸通红,头发乱糟糟的,一条又大又长的围巾挂在脖子上,好像刚去吹了风似的。嗯,我猜就是这样的,因为那是一年当中风最大的时候。但她看起来不像是来参加婚礼的客人。阿尔娃和我最后还是各买了一条十分漂亮的连衣裙,理查德坚持由他来付钱。(我没有告诉他我们是用信用卡付账的,不管怎样还是得由他来付。)我的那条,前后都是深开式领口,深绿色,丝绸料,表面带一点点翠蓝,我套了件上衣,那裙子可不是能在十月份单穿的。阿尔娃的那条是深红色,两条裙子的款式基本相同。她不怕冷,所以没有穿外套,看上去显得优雅得体、落落大方。

妈妈的伴娘是理查德的姐姐,她没有手臂。理查德有可能跟我们说起过。我总是忍不住要去看她。

婚宴安排在本地的一家意大利餐厅,对于理查德他们家来说应该是本地的。吃完后,理查德和妈妈回了理查德的家。阿尔娃到萨拉家住了几天,我则待在我朋友斐黛拉家里。我不知道辛迪在做什么。我想她也去其他什么地方住了吧,好让妈妈和理查德共度蜜月,其实,也就到这个周末而已。

我们的房子得挂牌出售,可是爸爸还不知道这件事。妈妈得先告诉他,房子才能放到市面上出售。这给我们留了个余地,让我们想着自己还有个家。我是指,我们仍然还有门钥匙,大多数东西也还留在那儿,我们可以随时过去拿一些我们需要的东西。然而,家已不是家,更像个设置好的舞台。每次走进家门,还是感觉有点伤感。虽然还留着家的气息,但里面太安静了。妈妈肯定会想念那个花园的。她在那里付出了如此多的精力，尤其是那颗胡桃树，对她来说有着特殊意义。虽然它从没结过果子，但那根本就不重要。一切都让人如此伤感，我的童年就这样结束了。

十月二十五日　星期六

阿尔娃和我今天都回家了，去拿一些我们需要带到理查德家的东西。现在我们不得不把理查德家当做是我们自己的家，可是这太难做到了——尤其是我们真正的家依然还在，家里还留着我们一半东西的时候。睡衣、牙刷、衣服等都已经拿到理查德家里去了。放学后，妈妈趁晚上开车回去了几趟，搬了不少东西，所以一些基本的必需品差不多都搬来了。但是我决定去拿我的低音提琴，阿尔娃则想要拿走她的男孩地带乐队的海报，所以今早我们就在那里碰面。

阿尔娃坚持让我也拿走那张她送我的男孩地带乐队海报，我就让她帮我拿着，我把那张莫奈的画也拿走了。虽然是在自己家拿一些自己的东西，感觉却有点像做贼。真可笑！门铃响起来那会儿，我想，肯定是警察来了。

原来是住在对面的琼。

"我一直想着要来看看你们！"我一开门，她就兴奋地大声说，"哎呀！这一切也太让人吃惊了吧，阿希苓！你母亲也太藏得住了，悄悄地出去跟人家结了婚，没人比她更聪明的了！"

我没问她是怎么知道的，也不想和她多谈。我真想把门摔在她那张又脏又贱的脸上。她的头发乱糟糟的,还染过色,打了摩丝,看上去又蠢又好笑。

随后她掏出一个信封,塞到我手里,说:"我打算给你妈妈买一个结婚礼物,但不知道买什么,因为我知道,你妈妈也不会毫无准备就去结婚,所以她并不需要烤面包机、时钟或者马克杯架之类的东西。随后我就想到,那我就给你一个礼物吧,你帮我看孩子,我得谢谢你。你要是不帮我,我真不知道该怎么办。"

说完后,她吻了我一下。是那种让人感觉很不舒服的吻,湿漉漉的,还粘着口红。我真想马上擦掉。我下意识地把手拿到脸边,可还是停住了。当着她的面把这口红印擦掉,太粗鲁,太没教养了。当然,那也不是我不擦脸的唯一理由。我的手指一碰到脸颊,就发现脸上是湿的。我才意识到我在哭。我也说不清楚到底是什么原因。

我向她点头道谢,便关上了门。信封里是一张三十五英镑的支票,看到这个我哭得更厉害了。

阿尔娃拿着几块平纹细布下了楼。

"那是什么?"我一边擦着眼泪一边问道,"你从哪里弄来这些东西的?"

"我们的蚊帐,记得吗?"

我当然记得。我们小的时候,妈妈替我们布置房间。作为装饰,她把蚊帐悬挂在床上,因为那时我们正处在喜欢扮演公主的阶段,那些蚊帐正好带来一种四柱大床的效果。它们很精致,我已经有很多年没有看到它们了。长大后,房子重新粉刷了,便再也没拿出来挂过。

"我是在大橱柜里找到的,"阿尔娃说,"我想带到理查德家去,我们的房间里可以用，肯定很漂亮。”

我想那真是一个荒唐的想法，愚蠢而又感情用事。而且，这东西现在已经又黄又破。可阿尔娃却还是很喜欢（我想她有时还停留在那个喜欢扮演公主的阶段），所以我帮她把蚊帐叠起来，放到手提箱里。

妈妈肯定也有一个类似的想法，只是更切合实际。因为当我们到理查德家时，他们——妈妈、理查德和辛迪——都在厨房里喝茶，桌子上铺着那块从我们家拿来的旧方格桌布。这是有一年在我和阿尔娃还是小孩的时候，从法国买来的。虽然我们用了很久很久，但看上去崭新依旧。如今，在这个新家里，这块桌布成了我童年的一段记忆碎片。我很受触动。这一定是妈妈特意铺上的，算是对我们的一个小小的欢迎。她用理查德的茶壶给我们倒了茶，我们坐在铺着旧方格桌布的桌子边，吃了点水果蛋糕（阿尔娃最喜欢水果蛋糕了，老妈真好），很礼貌地和理查德、辛迪交谈，告诉他们我们在公交车上搬提琴时遇到的所有麻烦。他们都笑了。现在有点像家的感觉了，那张桌布肯定起了不少作用。

十月二十七日　星期一

总会有些疙里疙瘩的事，让人感觉不快，但这也没办法。房子很大，可我和阿尔娃用的似乎是最小的房间。妈妈说他们很快就会去整修阁楼，那时我们就会有新房间了。我想辛迪肯定很妒忌，她肯定想自己搬到阁楼上去，但是如果她住那里，那么我们肯定得住她原来的房间。那样的话，她必定会更加生气。不管发生什么，她都是注定要受伤的。

这段时间，幸好我们有自己的盥洗池，很方便。每天早上，用卫生间都要排队，我想辛迪会故意在里面待很久，好让我们因此而迟到。对妈妈来说可就不容易了，这些天她比我们任何一个都需要用卫生间。可是她不能有过多的抱怨，毕竟，这房子还不是她的。

十月二十九日　星期三

马上就是我的生日了，十七岁的生日，妈妈坚持要为我好好庆生。我认为，她特别想弥补一下我们最近所承受的压力。她觉得办个像样的生日派对也许可以。我并不想要什么大派对，可妈妈非常坚持，我也只好顺从她的安排了。且不说辛迪以及她所做的事有多么不好，这个派对至少可以让妈妈集中心思做一件事。辛迪简直就是一头母兽。阿尔娃和我一直在努力与她相处，至少我在努力，也鼓励阿尔娃努力。但是我们并没有取得什么成果。辛迪冷若冰霜，几乎不和我们说话。这种感觉，就像房客住到了冷冰冰的人家家里一样。

晚上阿尔娃还是会哭，哭得很频繁。等到她以为我睡熟了，就开始哭。听她哭真让我难受，有时甚至去想那未出世的孩子也不管用。

十一月九日　星期日

生日派对办得棒极了，妈妈真的在这上面花了不少钱。我们挂了许多装饰彩带，请了一支乐队，演奏了三支曲子，举办了室内迪斯科舞会，还准备了潘趣酒，一大块冰激凌蛋糕，甚至还有贺吻。我想，妈妈甚至比我更陶醉于此。能有一个足够大的房子来开派对让她很高兴。这是她在理查德家身为女主人做的第一件大事，对她来说也很重要。我猜，这有点像某种衡量标准，借此告诉大家，住在这里的是谁。

辛迪说她不想来，我就觉得很放松。我不能不顾及她的感受，毕竟现在我们住在一起了。然而她却说，这个周末她要去她姑姑家，很抱歉不能来参加。“何况，”她说，“我也没有长舞裙。”不知道她从哪里来的想法，认为我们到时都会穿舞裙。虽然我说过要穿，大家都会稍微打扮一下，不至于穿着旧牛仔裤和毛衣，但这只是为了图个开心。可她却说那种场合太正式了，不符合她的性格。

当然，还是有人穿着旧牛仔裤和毛衣来了，不过绝大部分人多多少少都打扮了一些。有些女孩子把头发染成了一次性的蓝色、粉红色和银色，其他人则用一些亮晶晶的头饰把头发扎起来。她们中还有一些找了豪华的衣服，从她们母亲那儿借了珠宝、高跟鞋之类的东西来搭配。阿尔娃和我穿着为妈妈的婚礼买的礼裙，虽然在婚礼上穿不够喜庆，开派对穿倒是正好。习惯了看人们穿着满是破洞的牛仔裤和宽宽松松的运动服，突然觉得有点不适应。男孩们都打着领带，除了那些穿夹克衫的。有个男孩还画了脸。那真是棒极了，到处都是银光闪闪的。

鲍勃没来，我有点失落。我应该邀请他来，就算是念在旧情上，但我想他会拒绝的。即使他拒绝，我也不能怪他，可是我又无法承受这个想法，所以最终还是没有邀请他。我仍然很想他。

辛迪回来了，站在门前，穿着一双从她姑姑那里借来的大号拖鞋，拖鞋的式样新奇,看上去像两只小狗趴在她脚上。她居然在公交车站还是什么地方丢失了一只鞋子。还好,今天不是下雨天,否则拖鞋就会不堪入目了。我们看着拖鞋开怀大笑。她要是能像现在这样没有戒心,还带点幽默感,就像个正常人了。有时,我甚至想,或许我们还可以成为朋友。

十一月二十日 星期四

昨天我接了一个电话,对方是个年轻男子,说要找辛迪。有那么一会儿,我觉得这是鲍勃的声音。便说:"喂,是鲍勃吗?"

话一说出口,我的脸就通红了,像一个十足的傻瓜,居然在电话上对一个陌生人说些不着边际的话。

电话那头没有声音,保持着沉默。随后那个人便挂了电话。我耸耸肩,也无奈地挂了。真奇怪,我想。当然也没觉得有多少尴尬。

随后,又有人打电话过来找辛迪,听起来还是像鲍勃的声音,但是这次口音不同,听起来像是德语。尽管如此,我还是问:"刚才也是你打的电话吗?"

这次我觉得没什么不好意思了,感觉这个人表现得有点怪。那个人又沉默了一会儿,小心翼翼地说:"不是?"后面加问号的那种语气。我说:"总之,辛迪现在不在家。我会转告她的,请问你是谁?

"马丁医生。"那个声音一字一句缓慢地说道。马—丁—医—生,就像这样。

他的声音很年轻，不像个医生。

“好的，”我说，“你的电话号码是?”

又是一阵沉默。然后我听到了翻页的声音，好像是那个人在找号码。难道他都不知道自己的号码吗？我想。

最后他还是给了我号码，我记下来后把它夹在了我们用来记电话留言的地方。这其实并不十分奇怪，我只是觉得有点不安，居然认为他是鲍勃，就因为听起来是他这个年龄该有的声音。鲍勃对我的影响远比我意识到的要大。如果不是鲍勃——我想他也不可能是鲍勃，这仅是我的一厢情愿——那他为什么表现得那么奇怪呢?

今天辛迪又有一条留言，我想找她的是同一个人。从笔迹上看不出是谁帮她留的言，应该是理查德吧。留言的内容是一个足科预约，我怀疑辛迪是不是脚受伤了。也许这就是那天她穿那双滑稽拖鞋的原因。也许她长了鸡眼什么的。万一她真长了，那也太可怜了。我和辛迪最近相处得越来越融洽，我想她也开始接受这个事实了。对她来说，这并不比我们容易；事实上，也许会更难。将心比心，这可是她的家被侵扰了。

十一月二十三日　星期日

这一天过得真不容易！我还是从头开始说吧。

下午我在楼上练琴。周围的邻居对此好像并不介意。因此我可以多加练习，那太好了，因为今年的圣诞音乐会比较早，另外我还有很多东西要学。唯一的问题是，我们的房间在容下两张床、两个衣柜、两个梳妆台、一把低音提琴、一张凳子和一个提琴底座后，显得有点拥挤，我的手臂都弯不过来了。

且不说这些，在我练琴的时候门铃又响了。几分钟之前我刚去开过门，我好不容易把梯子拉出来，借给隔壁的那个女人。其实，我心里明白，她只不过想过来，瞧瞧我们长什么样罢了。我不想再有更多的干扰，这次就让其他人去开门吧，所以我继续拉琴。一会儿，我听见了开门的声音。之后听到阿尔娃砰砰地上了楼。你总能知道阿尔娃的脚步声，因为它很特别。她冲进我们的房间，拎着鞋带，晃着一双靴子，大声叫道："阿希苓，阿希苓，噢，阿希苓。"然后一头扑倒在床上。

我想肯定是隔壁的女人从梯子上摔了下来，那少说也会造成脊椎骨折吧。阿尔娃很气愤，也不知道那靴子是从哪里来的。我发现，这就是那天辛迪穿着小狗拖鞋回家时拿着的那只。

阿尔娃不停地在床上打滚，晃动着脑袋，嘴里嚷着："阿希苓！"所以我就不去想那只靴子了，轻轻地把提琴靠在墙上放好，抓住阿尔娃的手腕，摇了摇她说："阿尔娃，行了，阿尔娃，快说，怎么回事？"

"是鲍勃。"她轻声地说。

"什么？鲍勃怎么了？"

"他在门口，"阿尔娃说，"不要下去，阿希苓，千万不要去！"

"为什么啊？"我问，"别这么夸张，阿尔娃。他怎么知道要到这儿来找我呢？"

"阿希苓！"当我离开房间的时候，阿尔娃像嗓子被勒住似的嘎叫着，"不要下去！他不是来找你的！"

我站在楼梯口，僵住了。鲍勃在大厅里，从我这个角度能清楚地看到他的头顶，这个头到哪儿我都认得。他把辛迪拥在怀里，亲吻着她。我亲爱的甜蜜的好心的鲍勃在亲吻那个恶毒的辛迪！（她没有我想象的那么恶毒，她其实和我们一样又沮丧又困惑。）我伫立着，无法控制自己不去看他们。这个吻很长，我的心都快碎了。

渐渐地，我开始明白，鲍勃就是辛迪当时在公交车站遇见的那个人。她那个莫名其妙的故事，说的就是遇见一个人，丢了一只靴子。显而易见，上星期打电话给辛迪的就是鲍勃。人在压力之下，脑海里会出来许多不相关的细节。那会儿我接电话时，他肯定觉得很惊讶，因此很长时间没说话。但我觉得，这并不等于他知道我住在这里，我可以是辛迪的一个朋友、一个邻居或者其他任何人，只不过凑巧接了电话而已。我甚至可能是她家的一个保姆，如果辛迪有弟弟或妹妹的话。当然，他也不敢保证，到底是不是我，他不想问，也不想冒险，所以，他给我留了个假名，和一个根本不是他家的电话号码。这个号码显然是他朋友的。他知道如果真的是我，我就一定会认出他的号码。我站在原地，看着那没完没了的亲吻，所有的事情就像拼图游戏一样依次排好序，一目了然。

鲍勃和辛迪分开了，相互注视着对方。我站在那里，如同一个偷窥者，便转身回到自己的房间，阿尔娃还坐在床上，"我叫你别去的，"阿尔娃不停地重复，"叫你别去的，叫你别去的。"

我的心怦怦直跳，有点突然的缘故吧。我觉得自己并不是特别妒忌，我想不是妒忌。

"怎么回事，阿尔娃？"我问，"你和鲍勃说话了吗？"

"我刚才开门的时候，"阿尔娃说，"他也觉得很奇怪。他是辛迪的朋友，他说。他们最近刚认识，今天打过电话，说好过来看她。我告诉他我们现在也住在这里。我不得不告诉他，妈妈和辛迪的爸爸结婚了。天啊，阿希苓，接下来我们该怎么办呢？"

我听见起居室的门关上了。辛迪午饭后就躺在那里，说感到有些不舒服。她肯定是把他带进来了。

"阿尔娃，接下来我们要做的是，"我竭力控制好声音，"必须保持尊严。"

"噢，阿希苓，你真淡定。"阿尔娃不无敬佩地说。

"是吗？"我问，"唉，不管我们做什么，我不想让任何人感到尴尬，辛迪也好，鲍勃也好，尤其是我自己。"

此时此刻，不要让自己感到尴尬似乎是这个世界上最重要的事情，不要让鲍勃感到尴尬则是第二重要的。我决定先专注于此，再去考虑妒忌不妒忌这个问题。我知道我没有资格妒忌。是我将他从身边赶走的，他有权力去找别人，他完全有这个权力。

"走，我们去和妈妈谈谈。"我建议道。

妈妈和理查德刚收拾好中饭的碗筷。洗碗水嗡嗡营营地响个不停，餐桌上还留有水迹，显然是用抹布擦过了。厨房看起来干干净净的，所有的台面都光洁明亮，甚至连水龙头都洗得很亮。我们打开门，妈妈和理查德正在亲吻。看我们站在那儿，他们咧着嘴，不好意思地笑了，尽量使自己看起来不那么尴尬。

阿尔娃换着脚跳来跳去，手里提着辛迪肮脏的靴子。

"怎么了，阿尔娃？"妈妈在理查德的怀里问道。老实说，今天下午，这所房子里似乎到处都是接吻的情侣。

妈妈又问："想要什么？你们是代表团吗？"

阿尔娃继续单脚跳着，看着我，等我说话。

我说："辛迪的男朋友来了。"

"这很好啊。"妈妈含糊地说着，从理查德那儿走开去，蹲下身子把平底锅放好。

"妈妈，是鲍勃。"我平静地说。

"鲍勃？"妈妈挺起腰，"你的鲍勃？"

"曾经的。"

"噢！我可怜的阿希苓！"妈妈说。

"等一下，"理查德打断了我们，"你是说辛迪和阿希苓的男朋友好上了？"

"前男友。我至少好几个月没见他了。"

"那对你来说也不好受，阿希苓，不管有没有分手，是吗？"理查德说。

真奇怪，男人们居然可以对这种事情这么轻描淡写。不过他的语气里满是关心，他确实是个好男人。

"我无所谓，"我肯定地说，"真的无所谓。"

但我知道，其实我很在意，而且非常在意。我只是想挽回些尊严，可我还是很在乎。尽管我知道，我根本没有权力。我没有。为什么人海茫茫，偏偏就是这个讨厌的辛迪呢？我答应过自己，不再这样说她了，但是有时候，要做到公平真的很难。

"等等，"理查德说，"这会不会是一种可怕的报复？他这么做是想伤害你吗？如果真是这样，无论是对你，还是对辛迪，他都做得差劲极了，我会立马过去揍他的脸，揍到连他的牙科医生都认不出他来。"

"好样的！"妈妈向理查德龇着牙表示，她认为理查德很勇敢、很有主见。

我觉得这不好玩。“哦,天啊!”我说着,一屁股坐在椅子上,餐桌都还没擦干。我拿指关节轻轻地揉着额头,想让自己镇定下来。脑子却在飞速地转动,我重新想了一遍接电话的整个过程,我还是觉得不可能。

“他之前好像并不知道,”阿尔娃接着说,“我去开门的时候,他感到奇怪得要命。他肯定不知道,他也不会那么做的。他人很好,理查德,鲍勃这个人真的很好。”

“是的,”妈妈说,“他的确是个好男孩。”

“没错,”我说,“现在的情况就是这样。目前最要紧的是,我们接下来要怎么做?是避开他呢,还是怎样?”

“不,”理查德说,“我们不能整个下午都窝在这里。这太荒唐了。我认为你有两个选择,阿希苓。我们可以像每个星期天一样,午饭后全体去客厅,然后你可以说:‘嗨,鲍勃,好巧啊!’叫鲍勃自个儿尴尬去吧,也可以出其不意地打败辛迪。或者我们可以上楼去,让辛迪来介绍鲍勃。”

“不让她知道我们原来认识他?”我满腹狐疑。

“对。”理查德说,“但你也不是非得那么做不可,这由你决定。”

“为什么?”我问他,“为什么我要这么做?”

“这样说吧,”理查德说,“据我所知,这是辛迪的第一个男朋友,我想这会……呃,我想……”

“如果她知道鲍勃是我甩掉的,会坏了她的好事的。”我帮理查德说完了他想要说的话。

“阿希苓,你说得太直白了。”理查德说,“但是现在的局面就是这样。你听我讲,我知道她迟早会发现,不过不要现在让她面对事实吧。仅此而已。”

“那好啊，”我突然慷慨地说，“就这么定了。执行辛迪面子保护行动。”

“好嘞！”阿尔娃大叫着，跳着弗拉门戈舞步，把辛迪的靴子甩得像快板似的，“出发。”

“你真要这样做吗，阿希苓？”妈妈有点担心地问。

“是的，妈妈。”我很快回答道，我不想停下来考虑这件事，也不想改变主意。辛迪不是我最喜欢的人，要对她大方也不是件容易的事，特别是在我见到了大厅那一幕之后。当我想到这个计划，我想，我并不是为了辛迪才这么做的，而是因为理查德。我喜欢理查德。

“我不想坏了辛迪的好事。”我一个劲地说下去，“这不是她的错。你先去，理查德。泡杯茶什么的，让辛迪把鲍勃先介绍给你。然后就说，辛迪得把鲍勃介绍给家里其他人认识，提醒他我们就要进来了。要说得真实可信。他必定会坐立不安。然后我们就进去，跟大家见面。我们不会让辛迪知道，我们原先就认识。如果大家都表现得自然，那么一切都会很顺利。

“那鲍勃怎么办呢？”阿尔娃问，“他怎么知道我们有什么计划？”

“鲍勃由我对付吧。”妈妈说，“如果阿希苓真想这么做的话。”

我想大家都开始乐在其中了。阿尔娃肯定是这样，她已经兴奋得手舞足蹈，而不是气愤不平。

理查德拿了一个茶垫，起身去了客厅，我们跟他点了点头，表示可以开始行动了。随后我们三个列队跟在他后面。辛迪很随意地坐在沙发上，膝上盖着一块小毛毯，看上去像一只刚得到一块奶酪的猫，理查德在给鲍勃倒茶。鲍勃坐在椅子上。我们开门进去，理查德便大声地说：“哦，我妻子来了，还有姑娘们。”

听他用那样的口吻说“我妻子”，我不禁打了个寒颤。至少他没有说我们是他的女儿。鲍勃看到我们出现在门口，脸颊顿时一阵红一阵白，手足无措，仿佛要说什么，但是妈妈掌控了局面。她用眼神稳住他，很快穿过房间，把我和阿尔娃留在门口，伸手去握鲍勃的手。“很高兴见到你，”她说，“嗯？”

“罗比，”辛迪骄傲地说，“他叫罗比。”

他朋友都这么叫他。我都快忘记了，鲍勃是我给他取的教名，除了我们家，所有人都叫他罗比，他妈妈叫他罗伯特。

鲍勃盯着妈妈，脸上的红晕渐渐褪去。妈妈更加用力地朝他的胸前伸手，终于，他领悟了，艰难地和妈妈握了握手。你几乎可以听到他放下心后咽口水的声音。

“哦！”妈妈说着，很高兴的样子，一半对着辛迪，一半对着鲍勃，“我知道了，罗比，那叫罗伯特也一样吗？”

鲍勃说：“唔，是的，也可以那么叫。虽然事实上只有我妈妈这样叫。叫什么样的都有，罗布，罗比，鲍勃，鲍比。”

“还有马丁。”辛迪调皮地轻轻加了一句，以为除了鲍勃，谁也听不懂这个笑话。

我气得说不出话来，只能佯装鼻子出气，哼了一声。我转过身，把门关上。

“你妈妈好吗？”妈妈说，忘了此刻应当假装不认识他。我听到阿尔娃在我身边倒吸了一口冷气，但是辛迪好像并没有注意到。

“哦，很好，谢谢，”鲍勃回答说，“非常好。”

“这两个是我的女儿，阿希苓和阿尔娃。”妈妈朝向我们，顺口说道。

我们向他点了点头，鲍勃也向我们点了点头。我跌跌撞撞地从门边走过来，给自己找了一把不起眼椅子坐下。椅子很小，很不舒服。我尽量坐得离大家远些，真希望自己刚才没同意大家这么做。

阿尔娃在这场表演中，表现得非常自然，毫不拘谨。她神气地走到客厅中间，把靴子还给了辛迪，还做了一个夸张的手势。之后，又一屁股坐在鲍勃脚边的垫子上，开始帮理查德去倒茶。她不停地拿东西给鲍勃，饼干啦、糖果啦、牛奶啦，脸上带着一丝狡黠的笑容。鲍勃不怎么理会她，我想大概是害怕拿正眼看她吧。

我一直觉得晃晃悠悠的，所以就坐在那把不舒服的小椅子上，没怎么说话。没有人想到要给我倒杯茶，我也不想让他们来注意我，所以自己没去倒茶，也不想让他们给我倒。我的眼前始终浮现着辛迪和鲍勃在大厅里拥抱的画面。其他人一边若无其事地闲聊着，一边做着果酱，我想那是果酱。看到鲍勃走了，我很开心，这种感觉之前从来没有过。

辛迪事后问我们喜不喜欢他，阿尔娃说："他实在是棒极了，辛迪，你是从哪儿找来的?"

辛迪甩了甩头，说道："哦，就在附近，你知道的。"看得出，她很高兴。我不能因为她喜欢鲍勃，就恨她。相反，看到她那么心满意足地望着鲍勃，我居然对她生出某种可笑、温柔的情感。当时我真想告诉她，我们可以一起笑对鲍勃，互相告诉对方他是个多么不错的人，当然，那就意味着一切表演都没什么意义了。辛迪要是知道我们在耍她，我认定，她会抓狂的。

"阿希苓可从没有过这么英俊的男朋友，是不是，阿希苓?"阿尔娃狡诈地问道。看得出，辛迪是多么沾沾自喜。我被她问得呛住了，理查德只好拍拍我的后背。

我仍然希望鲍勃今天打电话是要来见我,而不是辛迪。正如阿尔娃说的,人生就是受罪,然后就是死路一条。对我来说,最糟糕的是,我只能责怪自己。

十一月二十七日　星期四

最近家里的一切渐渐有所好转,我想我们都在学着适应彼此,没必要非得喜欢对方,但至少能相互忍受。自从上次的鲍勃事件后,我感觉自己和辛迪之间有了共同之处。那天为了保护她的利益,我觉得,我猜想,她欠我一个人情。尽管她并没有欠我任何东西,特别是在她一无所知的情况下。有时候我觉得那实在是一种无谓的牺牲。

但是今天早上一切都搞砸了。早餐时,我们大吵了一架,仅仅是因为阿尔娃在辛迪不知道的情况下穿了她的靴子。当然,阿尔娃不应当这么做,但对这类事情我们已经司空见惯了,因此没有多加在意。辛迪生气也是情有可原的,我努力告诫自己,这是她的家,闯进人家家里的是我们。但辛迪今天的做法,实在很难让我这么想。她不只是生气,完全是反应过度。她冲着阿尔娃暴跳如雷,简直是太可怕了,真的,像是一只失控的野猫,眼中闪着怒火,冲着阿尔娃大吼大叫。我无法忍受她那种大喊大叫,也不知道怎样才能让她停下来,最后忍无可忍,一把揪住了她的头发。这一点都不像平常的我,尤其是我这段时间一直在帮她,甚至还有点开始喜欢她了。可我当时确实非常愤怒,怒不可遏。事实上,像这种情况,我得做中间人,两头调解,但是我已经有点厌烦了。

总之，今天早上，这所房子并不是一个令人愉快的地方。吵完后，阿尔娃去了学校，一路上一直气得在发抖。我担心妈妈可能会流产。课间休息时我从学校打电话到她的学校，想知道她是否都好。妈妈刚刚到学校。她说，她没事，但声音听上去仍然有点颤颤巍巍的。

晚上我们相互亲吻，并且和好了。虽然不是真的亲吻，但至少道歉了。有人说，与其让事情日益恶化，不如打一架，那样更健康。但今天早上的这种愤怒，却很难和健康扯上什么关系。当然，打一架解决问题也是正常的，很多家庭都这样，这比大家都像是在等同一辆公交车的陌生人要强。这不是所谓的家庭情感，也不是所谓的利他主义，但总比大家全都看着窗外，互不聊天的状况强多了。

无论如何，我们现在拥有的只有这么一个家，我们五个人，加上一个未出世的孩子。设想某一天，我们会喜欢住在这个家里，那简直是白日做梦。这正是阿尔娃为之痛苦这么长时间的原因。

我们再也不能把加文和爸爸算做是家庭成员了，因为我们已经有好几个月没有见到过他们了。真可笑，对我们来说，辛迪居然比加文更像亲属，虽然和我们有血缘关系的是加文，而不是辛迪。

十一月三十日　星期日

昨晚辛迪和鲍勃出去约会了。我不在意，这次我是真的不在意了。我下定决心，不让自己在意这件事，我做到了。

我把我最好的针织套衫借给了辛迪，这是我的生日礼物。我得承认,这件衣服穿在她身上好看极了。那是很浅、很浅的灰色,都快接近银色了,配上她的深色头发,真的很漂亮。辛迪总穿黑色,这让她一成不变的着装风格有了改变。发生了这么多事之后,我居然还把我的针织套衫借给她,我感觉自己很大度、很崇高。或许她已经从我的动作中感受到了那份大度和高贵。我把毛衣递给她的时候,她轻轻地在我前臂上拧了一下,这是那一刻她所能表示的最亲昵的动作了。可怜的辛迪！就算她要和我的鲍勃出去约会,我也不想变成她,真的。

"这不是太好笑了吗?"阿尔娃在他们出门之后说道,"如果辛迪和鲍勃结了婚,鲍勃不就成了你妹夫。"

"那才不好笑,"我说着把垫子扔向她,"那就太糟糕了,糟糕透顶,你能不能别再那样胡说八道,上回你说有婚礼,婚礼就举行了。这里继父继妹的已经够多了,别再弄什么姐夫妹夫之类的了。"

阿尔娃晚上不哭了,整个星期都没哭,甚至上次吵架的当晚都没哭。我想她总算安定下来了,我们都是。这当然不能表示,我们从此就不再打架了,而只是有了那么一点家的感觉。

"我以后再也不相信什么永远的幸福了,阿希苓。"阿尔娃说,"你呢?"

"阿尔娃,我和你想的不一样。"我说,"我相信幸福,但不是在以后,肯定不会是在以后。"

"我想,有幸福的感受就够了?"她的声音中带着淡淡的伤感,仿佛抛开了一个极为重要的想法。

"是的,"我说,"我想是这样。你很幸运,现在就拥有了幸福的感受,不要去在意以后。"

"我想你也是。"她说。

阿尔娃说，辛迪也在写日记。“你不想看一看吗?”她问，“说不定能知道坏脾气的辛迪是如何看咱们的?”

“不想，”我说，“我不想看，我讨厌做这种事。被人偷看日记是我能想到的最让人沮丧的事了。”

Sisters...
No Way!

做姐妹？没门！

辛迪的日记

【爱尔兰】西沃恩·帕金森 著
徐蔚 译

人民文学出版社

辛迪的日记

如果辛迪的爸爸认为自己可以不顾女儿的感受，自顾自地悠闲作乐，还当真要娶她的一位老师当老婆的话，那么辛迪就要给他点颜色看看了！这简直让人恶心。你想想，她的妈妈几个星期前刚刚过世，在应该全力关心她的时候，他却突然宣布要跟这样一位极其平庸、极其偏狭的女人结婚，让她在全校师生面前丢尽脸面。然而，最糟糕的还是那两个丑陋的女孩子——哦，不是说她们长得难看，确切地说，她们太矜持、太无趣了。她们永远也不会成为她的姐妹……没门！

徐　蔚

上海外国语大学国际教育学院

四月二日　星期三

有人说，这是一种幸福的解脱。你相信吗？居然有人说这是一种幸福的解脱。后来，爸爸告诉我，他们的意思是，从痛苦和折磨中解脱出来是一件幸福快乐的事。人们在这种场合都是这样说的，他们并没有恶意。但我不知道他们是否真的怀有善意。你只能说这是失言。我搞不懂，爸爸为什么要这样宽容。他没有权利容忍他人说那些冷漠无情的话。听到那些话，他应该心烦意乱。他本应该跳到墓穴里去，边哭边撕扯自己的衣服，就像罗密欧一样，哦，难道我想说的是哈姆雷特？这才是一个年轻的鳏夫，在他的新娘过早地被可恶的死神夺去后，应该有的样子。但是，爸爸却不是这样。也许，对他来说，这真是一种幸福的解脱。

彬彬有礼，这是我唯一能想到的一个词，用来形容他在葬礼上的表

现。彬彬有礼。事实上，我上个星期才学到这个词——它用来指表现得过分有礼貌的样子。这很有趣，你刚学了一个词，突然间就开始到处看到它。然后，你发现了那些可以用它的场合。在你还不明就里的时候，那个词就已经让你觉得，你根本就没有经历过没有它的日子。而且，假如没有那个词，你的思维就衔接不起来。不管怎样说，这是目前可以用来形容他的最佳词汇。你看他站在教堂的门口，穿着他最好的三件套职业装以及妈妈圣诞节的时候送给他的白衬衫，戴着酒红色的领带，那块可恶的金色怀表也恰好挂在他那没有发福的肚子上，闪闪发光。他心情沉痛地跟人们握手、寒暄，问他们的孩子在学校里表现得怎么样。我倒想问你呢！看他似乎要跟人聊起天来，谈论某个橄榄球队的时候，我几乎情绪失控，恨不得踩他一脚。天哪！这也太过分了吧。

我把百叶窗放下来，这样，人们就明白这家人正在服丧，不希望被打扰。如果我能找到黑纱的话，我也会把它挂在门上的。但是，我想现在没人生产黑纱了。我甚至考虑过把一条旧的黑色紧身裤撕破了当黑纱用，但又想，这可能会显得太过寒酸。而他都做了什么？一边说着我们需要点阳光和空气，一边刷刷地把它们又都拉了上去，我是说百叶窗。窗上打结的小丝带像浴袍的腰带一样欢快地摆动着，敲打着窗玻璃。他说，放下百叶窗显得愚昧守旧。特别是，如果她地下有知的话，也不会喜欢这样做的。突然间，他似乎发现了所有各种她喜欢或不喜欢做的事。他说她不会喜欢牧师在葬礼上说“耶和华是我的牧者”——那太陈词滥调了。他说她不会喜欢大规模的葬礼，一个简单的宗教仪式就行了。一个简单的宗教仪式！他以为他这是在哪里举行葬礼啊？英格兰首府伦敦附近的那些小城镇的教堂？我们从来不在圣帕特里克教堂举行简单

的宗教仪式。我相信伊根神父平生也从未用过“宗教仪式”这个词，除非他在说打理他那辆可怜的丰田车。结果，我们只是办了一场中规中矩的葬礼弥撒，用了所有最近流行的一些形式——丧亲的家庭得有人念一段话，人们得带一些跟逝者相关的物件到奉献仪式上——我敢肯定那将是非常感人的场面。我想，她会希望人们带什么东西来呢？他是不会去费神挑选跟她有关的东西的。最终我决定带一本《尤利西斯》，以表示她爱好文学，然后我又有点为难了。她所有的其他兴趣就是这个家。这是真的。但是你怎样以一种体贴恭敬的方式来表现她这方面的爱好呢？你不可能拿一块家具的罩布或者茶巾去——当然她并不是喜欢像家具罩布那样琐碎的东西。我想到带那本《室内装潢》。但是，把它摆在《尤利西斯》边上会显得很傻，就好像可敬与可笑的实体并存。于是，我最终带去一小套玩具屋家具。这套小家具是在一家向专业收藏家出售收藏品的专卖店买的，而不是来自于一家玩具店或任何其他的店——我想这套家具应该属于乔治王时代的艺术风格，尽管我认为它并没有标明是哪位乔治王。然后，我把这套家具粘在一小块地毯上，那是去年给门厅楼梯平台铺地毯时剩下的。我把它做成了一小间客厅，装有亚当式壁炉和所有其他的设施，效果很不错，非常有品位。但是，我想我的一些阿姨们会认为这很幼稚。不过，谁在乎呢？我表现得幼稚点并不为过。毕竟我只有十五岁，而且，我妈妈去世了。

你瞧，我终于说出来了。我妈妈去世了。偶尔这样说说，感觉并不是太糟。好吧，我承认，事实上，这挺糟糕的，我永远失去了妈妈。成为单亲家庭的孩子以及随之而来的一切，让人感觉很糟。她真的永远离开了我。你要知道，我说的是，我妈妈，去世了。她永远不会再跟我们在一

起了，而是平安地躺在耶稣的怀里。她走了，到她应该去的地方去了，到她应该享有的极乐世界去了，到世界的另一边去了。她走了——的确是永远、永远、永远地走了！永远不会回来了！

四月十日　星期四

上帝啊，我恨代数。几何还可以。我喜欢那些数学定理，因为它们具有某种有趣的逻辑性。但是代数的推理却是逆向思维的，是反向的。（“反向”这个词是我这星期刚学的，它跟“反常”意思不同。我是说这两个词根本就不是一个意思。我自己有时候就挺逆向思维的，但我不……或者，至少我自己认为我不是反常的。）反正，如果你想做点逆向思维的事，当然就得选代数。人们故意用“X”来代替具体的数字。我问自己，难道是这些数字都有自己的私生活，不想被曝光？不然，他们何必把自己隐藏起来呢？X！这个字母甚至一点都不独特。为什么不用 T 或 L 或其他的数字来换换口味呢？但是，这不可能，我们总是用我们的老朋友 X 和 Y。

有时候，当我真的很厌倦学习代数的时候，我就会设法找点乐子。你知道的，就是装作有点昏厥之类的样子。我是从伊梅尔达的那些经典校园故事里读到这个点子的。（伊梅尔达是我的姑姑，她酷极了。她其实也是我的教母。）我记得书上讲的是，有个叫马洛里塔尔丝的地方，人们把吸墨纸放进鞋子里，就会有晕厥的感觉。我一开始还担心某种热心的急救措施会要求脱掉我的鞋，那样，我的计划就暴露了。于是，我自作

聪明地把吸墨纸塞进袜子里。有一天,我还试了试手纸,但是那不管用。看来,还是只能用那种质地好的老式吸墨纸才行。于是,我就那样做了。而且我还屏住呼吸,想想打针时的感觉。这样做果然管用,我真的有昏厥的感觉了。尽管我不确定那是不是吸墨纸的缘故,但它确实有帮助。

但是,现在情况是这样的,我并不需要真的昏厥过去,我只要脸色看上去有点苍白,或眼睛红红的,或许偶尔还发出点压抑着的抽噎声,加维先生就会猛地打开窗户,快速地拍我的后背。我不喜欢他那样子拍我的后背。他真的是有点令人讨厌。矮个子男人总是试图显得很性感,以弥补自己身高的不足。这个说法我是从《十七岁》杂志上看来的。反正加维先生——我们都叫他肉汁先生①——肯定是属于那一类矮个子男人。他身上的毛发多得吓人。这位瘦小的矮个子男人,皮肤非常白皙,全身却长满了浓密的黑色毛发,看上去实在有点粗野。一想到他,我就浑身起鸡皮疙瘩。我绝对不能忍受他那样拍我的后背。我不知道我是否应该告他性骚扰?(顺便提一下,我当然只是在开玩笑。)

至少有两个星期,我连续在代数课上昏倒。而且葬礼过后,返校的第一天,他又撞见我在衣帽间痛哭流涕。此后,我要想让他看到我伤心的样子,他就会出现。或者至少我是这样想的。我一直认为整个事态的发展由我在掌控。可是,昨天发生的事情却让我很意外。

昨天,我把头埋到书里,身体微微颤栗着,显得很可怜,就像是在竭力压抑自己的悲伤,他正好从两排课桌中间的过道走过来。于是,他坐

---

① 加维(Gravey)跟意为“肉汁”的 gravy 发音相同。

到我身边的位子上。那位子碰巧空着，因为丽莎那天请了病假。我想那是她每个月的例假病休，尽管她似乎一个月要来两次例假。你知道，这很有可能。特别是在我们这个年纪，这或许跟荷尔蒙太多有关。总之，他就坐在我的边上跟我说："辛迪，我觉得你应该去学校辅导员那儿谈谈。"说这话的时候，他的喉结在他那瘦得可怜的细脖子上不停地颤动着。

对，我叫辛迪。很普通的一个名字，不是吗？就像某个玩具娃娃或某样东西的名字。这是我妈妈起的。她显然想把它写成欣蒂，但是我爸爸坚持用辛迪这两个字。我妈有时候真的很傻，居然就那样让他说了算。说句公道话，爸爸更懂如何才算合乎礼节。我知道，这一部分原因是因为她是美国人，而且就像爸爸说的，美国人有"不同的文化价值观"。你很难想象，他竟会如此瞧不起美国人。这让我想起某个人，他讨厌黑人或者吉卜赛人，但他总是试图用些让人听着政治上显得很正确的语言来表达自己的观点。尽管，在这件事上，他讨厌的是美国人。无论如何，这是政治正确的。实际上，那必须得是正确的。

我不会那样说话。我把游客称作"吉卜赛人"，并不是因为我讨厌他们，我那样说，只是为了让我们的宗教课老师老艾恩·尼克斯·麦科马克夫人生气。她很烦人，总是让我们在课堂上举行一些礼拜仪式。我不是很清楚那是什么仪式，但她总是要我们脱掉鞋子。你能够想象，老艾恩·尼克斯用口琴吹着《舞王》的调子，让二十五个十五岁的孩子脱掉鞋子，穿着袜子蹦蹦跳跳，屋子里该有多臭。

我刚才说到哪儿了？哦，对了，学校辅导员。我告诉加维先生，我以为辅导员只是负责就业咨询的。他说，是这样的，但辅导员也负责咨询

一些个人问题。我问，他是否认为我有个人问题。他说，他认为我需要接受一些缓解丧亲之痛的心理辅导。可笑的是，当他说到“丧亲之痛”这个词时，我就完全失态了。这次，我是真的很伤心。一直以来我都装出一副伤心的样子，只是为了消磨代数课的时间。但这次，他一说“丧亲之痛”，就让人觉得很凄凉，有被人抛弃的感觉。于是，我哭得泪流满面。我很想把头靠在加维先生粗花呢西服的翻领上，痛痛快快地哭一场。不过，幸好我没有那样做。当我用心的时候，我就会很镇定。

结果，加维先生说，如果我同意的话，他可以帮我跟辅导员约个时间。我说，好吧。因为我跟米莉·茉莉·曼蒂真的不熟。辅导员的真名是玛格丽特·马吉——真的无法想象什么样的父母才会把姓马吉的孩子取名叫玛格丽特——我是说，有些人取名字的时候毫无创意。肯定会有人叫她玛吉—玛吉。我们就这样叫了她一阵子，后来才加上第三个玛吉，让它听起来更有韵律，或者说更有节奏，或者为了其他什么原因。总之，从此我们就叫她玛吉·玛吉·玛吉了。我不清楚何时这种叫法又变成了米莉·茉莉·曼蒂。可能是某个善于说俏皮话的人发现了这种并列结构，也可能是有人某天叫错了，不小心把玛吉·玛吉·玛吉叫成了米莉·茉莉·曼蒂，这个绰号从此就被传开了。（如果你不知道米莉·茉莉·曼蒂是谁，那么让我告诉你，她是儿童读物里的人物，反正她出现在很多儿童读物里，她出奇的讨人喜欢，长得也好看。所以，明白了吧，这个名字挺适合她的，或者过段时间你就会明白她为什么得了这个外号。）

心理辅导安排在下个星期，事情就这样定了。也许这次辅导会不错的，至少辅导的时候我可以不用待在教室里。真希望心理辅导安排在上

代数课的时候。

四月十六日　星期三

我搞不懂爸爸是怎么回事？怎么说呢？他显得那么冷静，一副温文尔雅的样子，就好像他从来都没有结过婚。他收拾起生活的残局，继续过日子。或者说，他的行为甚至让人觉得他根本就不需要重整旗鼓，就像从来就没有东西破碎过，就像妈妈从来就没有存在过。他从此再也没有提起过她。

早上，他照旧起来做早饭，就像妈妈生病的时候一样。他把一切安排得井井有条。早晨第一件事，打开渗滤式咖啡壶煮咖啡，然后洗澡穿衣。我把这一切称为他的晨起斋戒仪式。他洗澡穿衣只需十分钟。一听到浴室里哗哗的水流声，我就知道该起床了。我好不容易爬起来，他就已经离开了浴室，浴室里弥漫着香气和水雾。等我洗完澡、穿好衣服，他已经回到楼下，小口地喝着咖啡，看着《爱尔兰时报》。我的早餐也已经摆在那儿等我吃了。有时，早餐是李子加酸奶。看上去很有营养，味道却不咋样，但那是我喜欢吃的。有时，就是烤面包和果酱。偶尔会有煎蘑菇或烤咸肉，甚至还有过煎蛋卷。然而，却从来都没有过脆玉米片。那是妈妈经常给我准备的早餐。有时，我真想吃一盘加上红糖和热牛奶的脆玉米片。但是，那是不可能的。爸爸绝对不会准备那类早餐，他就是认为那样的早餐太平常了。那种脆玉米片加热牛奶的早餐，任何人都可以做。

咦，我怎么就滔滔不绝地讲起早餐来了？我真正想说的是爸爸的表现。这很反常。他那样平静地面对一切，太不对劲了，我感到很不安。他的平静，不是因为绝对冷血，就是因为还处于极度震惊的麻木状态。总的来说，我觉得他很可能从来都没有爱过妈妈。在她渐渐地被癌症缠身的时候，他或许还想过离开她，摆脱这个困境。

有时候，我一边享受着我的李子加酸奶早餐，一边看着他。那个时候是观察他的最佳时间，因为那时他通常是忙着看报纸。看着他，我暗自想，就是这个男人，他不喜欢自己的妻子。这个男人胡子修得整整齐齐的，双排扣西装小心地搭在厨房椅子的靠背上。他带着纯金的图章戒指，还是某家高档高尔夫球俱乐部的成员。我知道他偷偷地买《伟大的作曲家》杂志。在超市里，我看见他把它偷偷地塞到购物车里，以为我没注意到。他那种偷偷摸摸的样子会让你以为他买的是《花花公子》之类的色情杂志。他显然是一个快乐的鳏夫，卸下了家庭责任，也不再受一个依赖性强、讲究家庭摆设且无所成就的妻子的约束。

是的，我得承认，我妈妈就是那样。她结婚早，刚怀孕就放弃了工作，而且此后就再也没有重入职场。我上学之后，她只是参加学校的一些蛋糕义卖和咖啡早餐会活动。后来，她参加过各种读书俱乐部和作家培训班，也打打桥牌，跟朋友到城里吃吃午饭，甚至还参加偶尔举办的鸡尾酒会或展览会，以及没完没了的慈善晚宴。去年，她加入了一个品酒团，并且第三次开始学法语。她曾经也修过室内设计课程。她打算做室内设计顾问，却从来都没有去参加过资格考试。她还学过一门课程，专门教你如何建议人们穿什么颜色的衣服最适合。全都是胡说八道。一会儿说那颜色适合你穿，一会儿又说并不适合你。在我看来，那些有关

个性、肤色、季节以及任何与之相关的话题的讨论都是废话。可是，让我真正感到讨厌的是人们居然会那样全身心地沉溺于那些东西。你知道，世界上有那么多值得人们真正关注的问题。不要误解我，我不是那种让人无法忍受的满口社会道德的人。我不反对时尚。相反，我热爱时尚，但我认为你得对时尚敏感，否则就不要谈论时尚。当用来指导个人的整体穿衣打扮的时候，世界上所有的肤色一览图就像你的星相图一样管用。但是，如果你需要靠一套方法，那就失去了自己的风格。

我喜欢这句话。如果你需要靠一套方法，那就失去了自己的风格。将来我能在“创意”广告公司工作的话，也许可以用这句话来做广告宣传。我喜欢这句话的音色。事实上，我是学校创意部的一员。只是我得练习念“I'm”。你必须得像辛妮·奥康纳①那样说。它听起来像是介于“噢伊姆”(Oi'm)和“阿姆”(Aahm)之间的一个音，很难练。

四月十七日　星期四

对了，心理辅导当然不是在上代数课的时候。代数课时去辅导员那里？不可能有这等好事。其实，我是在英语课上被叫去辅导的。很遗憾，因为奥·唐奈尔先生教得可好了。我们大家都很喜欢他，争着在他面前表现自己，以吸引他的注意。他每次提问的时候，我们都举起手，并且使劲地挥手，也不管自己知不知道答案，只想着被他叫到回答问题。

① 辛妮·奥康纳，著名爱尔兰歌手。此处指奥康纳说“我是”(I am)的爱尔兰口音。

如果被叫到，你就赢了。你不知道答案也不要紧，只要说一些任何你知道的陈词滥调就行了。目的就是让他长久地注视你，叫你的名字。听他叫你的名字，就可以让你欣喜若狂。每次我都感觉像要晕过去，他一定认为我们太狂热了。只要他在快说完一句话时，声调一上扬，我们就炸开了锅，逮住这个提问机会，拼命地挥手。事实上，每次他念《恺撒大帝》的时候，中途停下来，抬起头，面前就是一片手的海洋。我曾经回答过一次问题。我忘了当时我说的是啥，肯定有点不礼貌，反正那个可怜的人脸都红了。之后，他再也没有让我回答过问题。但是，我仍然积极举手，争着要发言，觉得那很有趣。看着他尽力避免跟我对视的样子，真是好玩。他知道如果他看着我的眼睛，我灼热的目光会迫使他违背自己的意志，叫我起来回答问题的。

回到在米莉·茉莉·曼蒂那里接受心理辅导这个话题上。太令人失望了。我得坐那儿听她瞎扯我幼年时候的事——我不骗你，她居然说些那么迂腐的话——说什么像我这个年纪的女孩子，有妈妈的引导很重要，以及我应该学会如何正确地处理自己的悲痛。那全是胡说八道。我是说，她的那些废话我全知道。任何时候，你都可以在《小宇宙》杂志上读到。我确实哭过。实际上我喜欢好好地哭一场。我告诉她，是我爸爸他没有正确地对待自己的悲痛。她感起兴趣来，想知道我跟爸爸的关系怎样。我吃惊地盯着她。关系！怎么用这个词！我说他只是我的父亲而已。她说话的方式，让你觉得该把他看成个小伙子。她还有个烦人的习惯，就是她总是话说到一半就停住了，甚至才说半个词，然后就齿缝间吸口气，咽下很多唾液，吞咽声很响，旁人都听得见。然后，她长叹一声，再接着说下去。我不清楚那是她的食道有问题，还是她刻意那么做。我

想她是为了让别人精神紧张，因为当你正等着听她说下个词的时候，她还得先做做口腔冲洗运动。她那么做也许是为了确定你在继续听她说话。

反正她对这事认真起来，开始说起古希腊有个叫伊莱克特拉的女孩，她显然是爱上了自己的父亲。饶了我吧，我父亲才不是那种讨人喜欢的人。其实，他很令人讨厌。但是，他不是那种人。他才不是米莉·茉莉·曼蒂说的像古希腊故事里的那种父亲。我想我真的很幸运，不必经历有些孩子不得不忍受的事。那可不是一些有趣的遭遇。但是，十五岁的时候就失去了母亲，又怎么能够说自己幸运呢？我决不能太让刚才自己所认为的美好生活冲昏头脑。

辅导结束的时候，米莉·茉莉·曼蒂决定要见见我爸爸。我跟她说他不会让她做心理辅导的，但她说她不是想给我父亲做心理辅导，而只是想跟他说说我的事。我觉得没有那个必要。我已经说过，需要心理辅导的是我爸爸，而不是我。我觉得这事没什么好处，我丑话先说到前头。

四月二十一日　星期一

我爸爸终于坦白了。我是指他终于承认自己在买《伟大的作曲家》杂志。他肯定意识到，你可以在卧室里藏一大堆杂志，但是很难掩盖收藏的大量 CD。而且，你拥有上百张世界上最好听的唱片而不欣赏它们，那又有什么意思呢？我们家成了那种有《伟大的作曲家》杂志的家庭——还能变得比这更糟糕的吗？——从早到晚，满屋子都充斥着乐曲

声，从莫扎特那首著名的《第十三号小夜曲》到威尔第的《阿伊达》中那段“凯旋进行曲”再到拉威尔的“波莱罗舞曲”以及维瓦尔第的“四季”。这还算可以。特别是《阿伊达》的那段曲子，听着还不错。我在电视上看过《阿伊达》，很精彩，尤其是结尾部分，那位非常漂亮的黑人妇女，我敢说她从来都没有听说过 CMB① 公司，但她在色彩应用方面却十分有品味。她跟她的爱人在一个墓穴里死得很悲惨，为了爱而被活埋了。那是多么疯狂啊！

那天，我一边努力地做着历史作业，一边听着爸爸买的伟大作曲家的作品，我想那是著名音乐家帕莱斯特里那的曲子——你有没有听说过音乐家帕莱斯特里那？他的名字听起来像不像是某种口味的冰激凌？或者是某种跑车的牌子？——这时，电话响了。我想，让爸爸接电话吧。我盖着毯子，正舒舒服服地躺在沙发上呢。但是电话一直响个不停。我以为爸爸一定在花园，或者厕所，或者其他什么地方，我只好接起电话。原来是米莉·茉莉·曼蒂老师！刹那间，我差一点想说“打错了”，挂上电话，然后很快地拉断电话线。但是，我想那也只是拖延时间而已。于是，我起身，套上跑鞋，穿过屋子里充当草坪的有杂草花纹的地毯，跑到花园里。此时，爸爸正在清理花园尽头的旧棚子。我急急忙忙地跟他说关于丧亲之痛心理辅导那回事。天哪，爸爸居然就那么靠在铁锹上，在我面前失声痛哭起来。我想，他到底还是有脆弱的一面。有趣的是，好像是丧亲之痛这个词让他控制不住而哭起来的。我那天也是听到这个词才哭的。我站了一会儿，想是否该扑到他怀里。那该是多么感人的一

① 全称为 Colour Me Beautiful，一家国际公认的权威色彩咨询公司，总部位于英国伦敦。

个场景,丧偶的父亲和丧母的女儿相互安慰。然而我又想:不对,还记得吗?你伤心痛哭的时候,他并没有安慰你啊。但是,我做不出那种让人难受的事。我像男人那样重重地拍了拍他的后背说:“好啦,好啦,不要这样,振作起来。你到底要不要跟米莉·茉莉·曼蒂老师讲话?”

他拿出手帕——他总是备一块手帕在口袋里,而且总是全棉的手帕,那非常矫情——他擤了几下鼻子,声音很难听,就像是大象的鼻窦发炎似的。他打起精神去接电话。

他讲了很久的电话。意大利作曲家老帕莱斯特里那的曲子都结束了,我还听了一半的拉赫玛尼诺夫的钢琴曲,他才走回屋里。刚从花园里进来,身上还粘有很多泥巴,他就没有坐下来,只是靠在门把上说,他跟马吉夫人长谈了一番(真可笑,这世界上还有谁会用“夫人”这个称呼),并且已经答应去见她。我想,祝他好运吧。

四月三十日　星期三

上周,他没有告诉我,他跟米莉·茉莉·曼蒂相处得怎样。但是,昨天傍晚,正当我一边做着家庭作业,一边把声音开得很低、看《辛普森一家》的时候,他很轻快地喊了声“晚饭好了”,问我可不可以快点,吃完饭他还要出门。他是那么匆忙,甚至都没有留意我开着电视机。做家庭作业的时候,绝对不能看电视,这是规矩,必须严格遵守。这个规矩其实很愚蠢,我觉得电视可以帮我思考。我不能忍受这个该死的屋子里鸦雀无声。

吃意大利肉酱面的时候，我好不容易才让他招认，他要去见谁。他说如果我不介意，他这是要去见米莉·茉莉·曼蒂。他们可以聊些什么啊？不会是我吧？我不介意他去见她。或许她不顾我的忠告，试图想自己弄明白我爸的问题。这些业余的心理学家。他们自认为了解一切。好吧，她这是自掘坟墓。哎呦，我不是那个意思。那么就说，她这是自找麻烦。我乐得她去帮助他。

五月一日　星期四

昨晚，他整个晚上都在外面。当然，他回来的时候才十一点半，但是，就工作日的夜晚来说，那已经是整个晚上了。我正处于尴尬的年纪，已经不再需要临时看护，但也还不够年龄子夜后独自在家，反正爸爸是那么说的。可我才不想那样过一个晚上：老老实实地待在家里，看一场电视台的夜场电影。我做完功课，洗了碗，然后打电话给丽莎。是的，每隔一天，我就要洗碗。我跟爸爸轮流洗碗，这很民主吧。但是，丽莎连一半功课都没做完，所以她不能跟我煲电话粥。很奇怪，父母们怎么总是认为十几岁的孩子花很长时间讲电话，谈的都是些没完没了的无聊事。才不是那样呢。这又是一种成见，一种代沟的表现（我爸会这么说，他总是用些上世纪七十年代流行的词）。

说句良心话，他从来都没有丢下我一个人在家到那么晚，甚至七点半对他来说都太晚了。想到他是七点钟出门的，十一点半才回来，他跟那位夫人一定长谈了很久。我并不介意他俩长谈，只要我确定他们不是

在谈我就行。但是，他们不谈我才怪呢。至少，我希望他们不是在谈我。

五月五日　星期一

事情变得荒唐透顶。昨天中饭时间，电话响了。当时，我们刚从教堂回来。是的，我们确实去了教堂，尽管我知道，爸爸事实上除了对股票交易所的休市价格感兴趣外，没有什么其他信仰。弥撒过后，我们还去了墓地。所以，我们回到家的时候，已经是午餐时间。我讨厌去墓地。妈妈的墓地上光秃秃的，还没有长出草来。它位于一个绿草如茵的公墓里，环境很好，只有一排排的墓碑和很多绿色的草坪。这就是人们所说的那种敞开式墓地。每个坟墓不用大理石矮墙间隔，也绝对没有那种难看的尖尖的石头碎片。当然，我们的墓地上还没有墓碑。他们跟我解释过为什么新墓地上没有墓碑。相信我，你是不想知道那个原因的。总之，妈妈的墓上暂时只有一个木头十字架，就那样歪歪地插进土里。哎，我不知道，是因为那太身临其境了还是怎么的，反正一到墓地，想到妈妈躺在底下，我就很忧伤。那时候，你根本没有心情去想，这个墓地是不是平整、有没有长青草、跟周围连绵起伏的草坪有没有融为一体。

反正，电话响的时候，我们刚进家门。我们从法国面包房买了条法式长棍面包和两个巧克力羊角面包——你知道，我们这个区的面包房现在星期天也营业了，非常欧洲化——我们还买了份《星期日论坛报》，买了香喷喷的烤羊肉、欧芹和大蒜。因为这个星期天我们要准备传统的周日午餐。有几个星期天，我们过得挺像模像样的。先去教堂和墓地，然

后吃法国面包和烤羊肉。但其他的星期天，我们只是赖在床上听听“周日杂闻”节目。至少，我是会听的，不知道他听不听。他可能也会听，只不过，他很可能认为我听的是大西洋电台或摇滚乐 104 频道或其他节目，以显得他多么了解我。

就这样，我们刚到家，闻着食物的香味，急着想品尝我们的午餐，看看报纸，过个懒散的下午——我还想着午餐后去丽莎家，然后跟她一起去什么地方逛逛，到镇上的艾迪餐馆喝杯奶昔之类的——这时候，电话响了。我们甚至还没来得及脱掉大衣。即使是在五月份，我们还得穿大衣。爸爸从我边上挤过去。我发誓，他那么急切地抢着接电话，几乎都要把我撞倒了。他一拿起电话，甚至还没听出是谁打来的，就已经是一脸的笑容了。他知道是谁的电话。他一定事先知道。否则，他怎么会在她还没有开口说话之前，就已经像傻瓜一样咧嘴笑了呢？他一定是盼着她打电话来。这是事先约好的电话。

他讲电话的时候，我坐在楼梯最下面的一级台阶上，假装看报纸。报纸上是些跟往常一样的内容，真的很没趣，而且有太多的体育新闻，但是，他在轻声低语地讲电话的时候，我还是很不开心地在那儿足足坐了十分钟。

他挂了电话，没搭理我，就直接从我身边走过，进了厨房，开始忙乱地套上烤箱用的抗热手套，准备午饭。我不明白，到底发生了什么大不了的事？他不可能是喜欢上她了吧？他会喜欢她吗？我是说，她甚至都不漂亮。她的头发是亚麻色的，剪得像灌木丛似的，简直跟灌木丛的造型一模一样。真的，她所有的头发都竖着，从后面看，她很单薄。我会这样形容她：她怎么看，都像一棵小月桂树，意大利餐馆外的那种盆栽。我

看她并非真的没有吸引力，她的笑容很美。但是她取的是啥名字啊！还有她的工作！

今天，我才把整件事情都说给丽莎听了。昨天，我根本没见她。我自己都还在忙着理清这件事情的头绪。因此，整个下午，我只是在屋子里晃悠，打扫了自己的房间，找出若干件 T 恤衫和一条棉裙子。如果真的到了夏天，那就是我所有能穿的衣服。我还煮了茶——星期天总是吃腊肠，我得喝点茶。然后，我洗了澡、打理了头发、剪了脚趾甲、抹了点面霜和润滑油，就早早地躺到床上看书去了。对了，我还吃了半块伯恩维勒巧克力。

我告诉丽莎的时候，她又尖叫又大笑。我不得不让她发誓不要告诉别人。看得出，她急切地想到学校里去曝料。于是，我跟她说，一想到我爸爸在妈妈去世后这么短的时间内就交了女朋友，我就很心烦。我还设法挤出一两滴眼泪，这样就可以封住她的嘴了。她答应决不向任何人透露半句。我朝她眨了眨眼睛，让她相信我真的很不安，而且让她知道，我相信她是决不会把这个秘密说出去的。我的这种信任使她很尴尬，她应该会替我保密。不管怎样，她答应过我。她认为我爸一定在跟米莉·茉莉·曼蒂"约会"。那肯定不全是丧亲之痛的心理辅导，不然，她不会在星期天中午打电话给他。

五月九日　星期五

丽莎一直在打听有关老米莉·茉莉·曼蒂的事，或者说月桂树的

事，我现在这样叫她了。当我告诉丽莎，从现在起，我要叫她月桂树，丽莎笑得不能自已。至少，我解释了一下什么是月桂树之后，她的确是笑了。原来，她是一位单亲妈妈——当然是月桂树，而不是丽莎。她曾经结过婚，不能算是单身，或者说不是那种没有结过婚的真正意义上的单亲妈妈。不过，她不是寡妇，只有寡妇才可以真正体面地当单亲妈妈。她有两个女儿，一个比我大一岁，一个比我小一岁。我得问问丽莎，她是从哪儿搞到这些信息的。我完全被她发现的这些情况吸引住了，我都忘了问，她是怎么知道的。

原来马吉是她婚后的姓。我收回那些关于她父母给她取了个糟糕名字的话。但是，我确实觉得，她嫁给马吉先生之前，不管马吉是谁，应该想到自己随夫姓的后果。她应该保留娘家姓，如果不是为了女权原则，也要考虑到名字的悦耳程度。不过提醒你一下，她很可能会被冠上那种难听的名字，比如，以霍格①开头的。

她的两个女儿上的是男女混校，那种你得付学费、打冰球的新教徒学校。可能她们的父亲是一位新教徒，尽管我觉得马吉不像是一个新教徒的名字。一位新教徒父亲会富有异国情调，这就不难解释他们会离婚或分居或其他什么说法。天主教是不允许这类事发生的。当然，也发生过，但是天主教徒还是不希望有这种事发生。所以，我想如果你是新教徒，离婚或分居就会容易得多。不过，除了他是新教徒这个可能的原因，我想知道，他们到底为什么分开。那一定得有个原因。我想该不会是因为她习惯于爱上别的男人吧，比如，我爸爸？可能她有这方面的经历。

① 霍格（Hogg）与意为“野猪、贪婪的人”的 hog 发音相同。

可能他们没离婚前她就总是这样做了，而她丈夫实在是受不了她，所以就离开了她。我想很可能是这么回事。这样，你就不能指责她丈夫了，对吧？

五月十二日　星期一

爸爸现在已经不伏在花园的铁锹上哭了，而是白痴似的冲着电话听筒咧嘴傻笑。这是值得感激的事。我想，也许他跟马吉夫人短暂的风流韵事结束了，因为整个星期都没有人打电话来找他，而且除了有一晚他必须跟某位生意伙伴见面外，其他几晚他都待在家里。这让我松了口气。我真的不喜欢他跟马吉夫人的事再发展下去。

这些天电话几乎没怎么响过。伊梅尔达几天前给我打了个电话，只是通常的问候，她叫我“花瓣”。然后她要求跟他通话，但是那只是出于礼貌，我知道她其实想跟我说话。之后的几个电话是找临街的旅馆的，因为旅馆的电话号码跟我家的号码几乎一样。那家旅馆叫温莎宫廷或汉普顿酒店或其他什么名字，总之，是个英语名字。可笑的是，当我说电话打错了的时候，打错电话的人反而发脾气了，明明是他们自己打错了嘛。那让我很恼火，我真想冲着话筒大骂他们，但是我没有。有时我很能克制自己。另外，要不是丽莎常常忘了带自己的家庭作业笔记本，偶尔打电话来问我布置了什么家庭作业，这周就没有别的电话打来了。我几乎认为人们在故意躲避我们。

不管怎样说，月桂树引起的烦心事渐渐消停下来之后，我感觉爸爸

变得有点奇怪。他开始变得很慈爱，关心起我来。昨天，他建议我们“开车出去兜风”。如果说有件事是我不能接受的，那就是“开车出去兜风”。钻进车子，然后到处乱开，去些老地方。我觉得那很没意思。我认为车就是个交通工具，带你去你想要去的地方。我认为“开车出去兜风”简直是歪曲了车的用途，更不要说浪费汽油和污染环境。我系安全带的时候，说着那些道理，而他摆出他擅长的那种很受委屈的表情说，事实上，他是想提议从双车道开下去，到一家他知道的小餐馆去吃个早午餐。那家餐馆开在克尔玛凯垅格镇上，有个不错的花园，可以在室外用餐。他这样说，我开心起来。我知道他说的那个地方，那是一家非常令人愉快的餐馆，妈妈总是那样称赞它。妈妈过去常说那样的赞美话。她还经常说“一顿令人愉快的午餐”，“一个令人愉快的夜晚”。我想她以前会收集一些非美式的习惯用语，学着用，然后她又会忘记那些用语只是学习语言时做的练习。她没有把它们融会贯通到她平常用的词汇中，而是太喜欢单独使用它们，导致了滥用。这是我和爸爸过去常嘲笑她的一个方面。我得承认我们喜欢时不时地嘲笑一下妈妈，但那完全是开开玩笑。我想念她。

在那家小餐馆里，我们品尝了美味的花椰菜汤和司康面包，非常好吃，也很健康。而且，汤和面包那样搭配着吃，真的很独特。用餐的时候，我们还可以欣赏园子里的树木。树枝上刚刚冒出新芽，柔软得像羽毛似的，在阳光下清新可人。这时，他问我过得怎样。我说：“我很好，上周有一天有点头痛，但那只是因为我的眼镜破了，我眯着眼睛盯黑板太久的缘故。”他连连说：“不，不。”他都等不及听我解释，我得问他借点钱付给眼科医生。这之前我都忘记告诉他，我需要钱配眼镜了。他急切地问道：“我是想问你，现在感觉怎样？”我这才明白，他是想知道我心里感

觉怎样，是指我的内心。噢，天哪，我心想，这就是月桂树的说话方式。我告诉他，我感觉好极了。我真的很好。但是，他好像还不满意我的回答。他不停地说着“妈妈的死”之类的话。我听着感觉很不舒服，甚至连汤也喝不下了。他又说“像我这样年纪的女孩”，我想，不要说下去了吧，不要让他继续说出“年幼未成熟”那类的话。但是，他当然那样说了，真令人尴尬。那一刻，我真害怕他要问我是否知道有些事实无法更改，或者我是否需要钱买新的胸罩或任何其他东西。当然，他没问，但是，我还是很想忘了这场谈话。

五月十三日　星期二

我一直在想那次愉快的午餐。几个月来，我跟爸爸的关系一直挺冷淡的。那次他是真心想跟我交流呢？还是有别的什么目的？这事有点可疑。他是不是有事情要告诉我，跟我吃午饭进行交流是为了先打探我的态度？还是他真的关心我内心的感觉？这一切让人很困惑。

五月二十一日　星期三

我真的对父亲很失望，我痛恨他做事鬼鬼祟祟的。那个星期天，他还表现得跟慈父似的，很关心人，而现在却是这个样子。

今天傍晚五点半，门铃响了。我想那该是送奶工。其实，那是个骑

自行车的女孩，她爸爸是送牛奶的。每天早晨，她爸爸送牛奶，然后她每个星期三的傍晚来收牛奶钱。他们分工合作，配合得很好。我纳闷，她是否有妈妈？她来收钱的时候，我正将肉末搅拌进番茄酱里——就是那种你可以买到的罐装番茄酱。要是妈妈还活着，知道我们吃这个，肯定会心痛得像死过一千回似的。我得承认我们现在越来越依赖意大利面过日子了。那时，爸爸正在上面换家居服，我朝楼上喊了声“我会拿钱给她的”，就把煮锅从炉子上拿下来，然后打开放刀叉用具的抽屉拿钱。我们日常开销牛奶、面包和报纸的钱是放在那里的。但是，钱好像不够。于是，我上楼去问爸爸拿钱。

我敲了敲卧室的门。我觉得很奇怪，门怎么是关着的。他通常都是让它虚掩着，即使是换衣服的时候也一样。甚至晚上睡觉，他也习惯开着点门。不管怎样，我还是敲了一下门，没等他答应，我就开门走了进去。我想他不就是把外套脱了，换件套衫嘛。他不可能赤身裸体，而且，即便是只穿着袜子和内裤，他也不会尴尬得晕过去。在家里，我们并不是裸体主义者，但我们也不喜欢穿得过于拘谨。不过，我进去时，他穿得整整齐齐的，只是把鞋脱了，坐在床沿，手里拿着楼上的电话分机，咯咯地笑着跟对方聊天。他太专注了，以至于根本就没有听到我进去。

我站在那儿，手扶着门把，尽我所能地用最冷漠的语气大声说：“爸爸，我需要钱付给送奶工。”他跳了起来。然后用手捂住话筒，气愤地小声说道：“天哪，你怎么不敲门就进来了？”我都懒得搭理他，我敲过门，是他太专注于讲情话，根本就没有听到敲门声。我只是伸出手要钱。他从口袋里掏出一张五镑的纸币递给我，看都不看我一眼。我还没关上门，他就又窃窃私语起来，就在我要将门从身后拉上的时候，我看见他黑袜子里的

脚趾头在地毯上不停地屈起来，又松开，很愉快的样子。真令人恶心。

吃晚饭的时候，我问他："为什么要偷偷摸摸地打电话?"他脸红了，试图回避我的问题，说他并没有偷偷地打电话。他想到要打个电话的时候，碰巧在自己房间里，于是就打了。我指出他怎么把门也关上呢。他说他有权利关自己房间的门，并且说我不能再那样径直闯入他的房间了。他还试图颠倒黑白，把我最正常不过的行为说成是鬼鬼祟祟地监视他。我告诉他，我敲过门的，他却不相信我，并且说，我该长大了，不要再把父母的房间当作是自己的一样。

简直是蛮不讲理，但是我明白他为什么那样说，他那是声东击西地想把问题转嫁到我身上。不管怎样，事情已经很明白了。爸爸正在偷偷地跟月桂树约会。至少，我觉得对方是月桂树。他一定是察觉我起了疑心，所以叫她不要打电话到家里来找他。我打赌，上周跟生意伙伴的那次见面，事实上是跟她在约会，他自己心知肚明(我是说，他可真会找借口，我早就应该想到，现实生活中没有人会那样说的)。他很可能已经跟她有一腿了。大人们有时候真恶心。

五月二十三日　星期五

你一定想知道，我妈妈去世还不到两个月，他怎么就拜倒在另一个女人的石榴裙下了。他怎么能够那么冷酷无情? 他可能根本就没有爱过她，或只是开始的时候爱过。毕竟，他俩生了我，他们之间一定是有过感情的。他们结婚后六个月我就出生了。妈妈过去常开玩笑说，我是个奇

迹。小的时候，我真的相信那种说法，觉得自己真的是个令人惊异的早产儿，但是，等我长大一点，我意识到她那只是开玩笑，其实她结婚的时候就已经怀孕了。当时，我还挺引以为傲的，觉得那说明我父母特立独行、富有激情。现在，我才开始怀疑，也许她是以怀孕来胁迫他结婚的。甚至，也许她是故意怀孕，那样他就只好娶她了。也许她只是想要爱尔兰的护照。（不过，我还是不知道他们结婚的真正原因，那仍旧有点令人费解。）

我常常疑惑，我为什么是独生女。我曾以为会不会是某种妇科病导致妈妈不能够再生孩子了。妈妈过去经期非常紊乱。我十岁的时候，她最终做了子宫切除手术，那应该就是我为什么没有弟弟妹妹的原因。现在我怀疑，或许是因为他们不再一起睡的缘故，所以妈妈才没有再怀孕。我是说，他们虽然有一张双人床，但回想起来，爸爸常常在客房里待很久，甚至在妈妈生病之前就这样了。或许他一贯就是个拈花惹草的家伙。这头猪。

六月七日　星期六

爸爸和我进入了休战期。我在家的时候，他不再偷偷地打电话给玛格丽特了——现在他公开地这样称呼她，而她也再没有打电话到家里来。但是，他们一周出去一次，尽管他没有说是跟她出去，至少他没有假装他不是去约会，如果你明白我的意思。他也从来不晚回家。我怀疑，他们某些天还一起吃中饭来着。

丽莎说，他们那样做挺体贴的，令人感动，而且那只能表明他是个生活中需要爱的男人。丽莎对爱情感兴趣。她还对很多其他无聊的东西

有兴趣，比如星相预测。那些东西对她来说都很有趣。她出生在一个体面的正常家庭，是五个孩子中最年长的。她妈妈是护士，跟另一个护士轮班。她的外婆就住在街对面。她妈妈上班的时候，孩子们就去外婆家吃晚饭。她爸爸业余时间到本地的一所小学教足球。她的父母总是会去参加家长会。两人中总有一个会加入某些委员会，去跟居委会或者某个孩子的学校打交道。我觉得那才是我理想中的家庭生活。而我爸爸，只是开车带我出去喝点花椰菜汤。那怎么比得上丽莎的父母所做的啊。星期天去墓地上坟、吃法国面包，真的跟丽莎家的周末生活不是一个级别的。我并没有在丽莎家度过周末，但我想象得出来。他们也许在午饭后玩推理探案游戏，或者围着火炉猜字谜。我打赌他们也不买《伟大的作曲家》杂志。如果某人在他左耳边演奏一段四重奏，丽莎的爸爸不会知道那是哪个作曲家的作品。但是，他们一家人开车去某个地方的时候，可能会在车里唱唱歌。我敢肯定，她妈妈偶尔会买《家族》月刊，根据上面的食谱来做好吃的。他们很可能会凭感觉为彼此准备礼物，圣诞节的时候做酒椰，就像电视剧里的特拉普一家一样。

哎呀，圣诞节。我还没有想过它呢。当然，你不会在六月份想圣诞节，对吗？但是，我是说，我没有想到，接下来的圣诞节，妈妈不会陪我一起过了。

六月八日　星期日

一年级期末考试明天就开始了。英语先考。这门课，我没有问题。

凭着我的天赋和很棒的奥唐奈先生，我一切都准备好了。

六月十八日　星期三

考试结束了，考试对我来说确实简单极了。妈妈过去常说聪明是祸根，我永远都不明白她为什么那样说。一直以来，我发现聪明让生活容易多了。你不用费劲地学习，成绩仍然名列前茅。我也不觉得妈妈的聪明曾经害了她。可怜的妈妈，确实是在努力地生活，上了很多法语课和写作培训班。她当时一定在拼命挣扎。她甚至都不会拼写单词，但我想有一部分原因是她是美国人。她非常漂亮。当然，我是说，她生病之前很美丽。爸爸怎么能那样对待她呢？这个下流坯！

其他人今晚会狂喝滥饮。我不会去的。我觉得那种事真是幼稚透顶。

六月十九日　星期四

我简直不敢相信。我考完试的第一天——全国其他十五岁的孩子都可以喘口气放松一下的时候——他突然跟我说这事。他说，他就是要等到我考试结束了才告诉我的。我正盼着可以懒散地在家待一阵，在后花园晒晒日光浴，从图书馆借几本露丝·伦德尔①的小说看看，喝点薄

① 露丝·伦德尔，著名的英国侦探推理小说家。

荷香草饮料(我已经从一本彩色增刊上得到配方,虽然那不是我这会儿要讲的内容,但那种饮料还是很可口的),某些夜晚也许还邀请几个朋友过来烧烤。总之,接下来的日子,我就是打算做些不需要动脑筋或者不会担心枯燥乏味的休闲娱乐活动。而这时,他跟我说,他一直在计划一次“小规模的度假”——他,我和三个马吉家的。

“这根本就不是一次小规模度假,爸爸,这是一件生活大事。”我用很冷漠的语气指出。我问他:“你意识到这是自妈妈去世后我们的第一个假期吗? 而你希望我跟三个陌生人一起度假?”当我提到妈妈去世后的第一个假期时,他脸色煞白。(“脸色煞白”这个词是书本上常用的,但你绝对想不到人们在现实生活中真的会脸色煞白。这有点像绞扭人们的手的时候,他们露出的脸色。但是,一点也不错,他当时脸色煞白。这很夸张做作,但是,你得自己亲眼看到他的样子,才能明白我说的。我觉得无法用语言来形容他当时的表情。)他显然没有那样想过,但他应该想到的。这个男人是如此的无情。比较起来,他的愚笨要相对逊色了。

他掩饰说,她们三个不全是陌生人,我已经认识玛格丽特三年了。我真难以想象,他是怎么得出这个结论的。我在那所学校已经三年了,她也是,但是那学校里有七百多个女孩和大约五十个教职工。我指出,那根本就不是个可以把关系处得密切的地方。在那次讨厌的心理辅导之前,我从未跟她讲过话。而且,自那以后,我再也没有跟她交谈过,除了一两次接到她打到家里来的电话。

总之,这次谈话的结果就是我断然拒绝跟他们去度假。我不认为是我不讲道理,而是他不近情理,居然期望我跟他们一起去度假,这太令人难以置信了。他用了各种理由试图说服我。如果只是我们自己过这个假

期,对两个人来说都是相当痛苦的。其实我也很快意识到了这一点。那可能会是一个极其难受的假期。有时候,只我们两人待在这个屋子里就已经感觉糟糕透了。但是,如果真的是这个原因,他满可以叫丽莎或者伊梅尔达过来的。那可是个好主意。他为什么不叫伊梅尔达跟我们一起去度假呢?

我知道原因。那不仅仅是因为他想跟玛格丽特待在一起,还因为伊梅尔达令他很尴尬。他的亲妹妹。我同意,伊梅尔达是有点跟常人不一样。首先,她是个沙利度胺畸形儿①。这就是说,她没有正常人的手臂,只有一点点可怜的小手直接从她的肩膀上长出来。她不怎么用她的手——如果手直接连在你的肩膀上,你当然不会使用它们——大多数事情她都用脚来完成,包括吸烟。她不是个真正的烟民,只是两三个星期抽一支,但我发誓,她是把烟攒到我们家来抽的,就是为了让他休克。他无法忍受她抽烟。我认为他不能忍受的不是抽烟这件事本身——他不是担心她得癌症或怎么的,连妈妈得癌症,他也不那么偏执——他感觉不舒服的是她用脚吸烟。他认为那样子奇形怪状的。

我自出生就认识伊梅尔达了,因此我想象不出她有手臂的样子。但是,我知道人们第一次遇见她这种没有手臂的样子一定会感到震惊。丽莎第一次见她的时候,是在我们家。当时伊梅尔达正在厨房里忙着什么,我不记得是做三明治还是其他类似的事。丽莎走进房间看到伊梅尔达费劲地做着某事,就赶紧冲过去帮忙,并且说道:"哦,我可以帮你一把吗?"当丽莎意识到自己说了什么之后,她几乎尴尬死了②。她的脸红得

---

① 沙利度胺,一种安眠药。孕妇吃了这种安眠药会导致胎儿畸形。

② 原文是 Can I give you a hand,意为"我可以帮你一把吗",直译为"我可以给你一只手吗"。

不得了。伊梅尔达过了一分钟才反应过来,然后突然笑起来。她坐到椅子上,笑得前仰后合的。丽莎也笑起来,但我想那主要是松了口气的笑。不管怎样,从此她俩就成了朋友。

六月二十日　星期五

爸爸提了个折中的办法让我考虑。那就是,他跟玛格丽特一起去度一个长周末。(自始至终我们在讨论的就是一个长周末的假,而不是整个假期。甚至爸爸自己也不会傻到认为我们俩可以一起待两个星期。)那个周末我可以到伊梅尔达家去。我不知道马吉家的两个女孩会怎么办,但那是她们的问题,不关我的事。而且,我们还将在星期天邀请马吉一家过来吃中饭。她们三个人都过来。就安排在他们出去度长周末之前的那个星期天。

六月二十一日　星期六

我同意这个折中的方法,我真的不觉得我还有选择的余地。如果他想请人来吃午饭,我就不得不容忍。毕竟我不需要非得对她们友善。我可没有答应我必须表现得友好。我甚至并没有答应她们来的时候我得待在家里。我多半可以不请自到地去伊梅尔达家,或者我肯定可以设法哄着丽莎邀请我去她家。但是,我想我不会那么做。事实上,我也很好

奇，想看看她们过来吃午饭到底会是怎样的情形。

六月二十四日　星期二

我越想爸爸的度假提议，越觉得那个主意很疯狂。有没有可能，他知道我会反对却故意提出那个旅行计划，然后我就不好再反对他邀请她们过来吃午饭？这只狡猾的狐狸，所有的事情都是决定了之后才跟我说。

六月三十日　星期一

那天的中饭，我不知道从哪儿说起。或许就从我们准备的饭菜开始吧，因为那是最简单的部分。他做了他的拿手菜，用迷迭香和大蒜做的烤羔羊肉，加上所有的配菜、薄荷汁、红浆果胶冻、烤马铃薯、蜜制欧洲萝卜和青豌豆（当然是冷冻的）。说句公道话，那道菜他做得确实可口。他用上好的澳大利亚卡本内苏维浓红葡萄酒配烤羊肉。说起葡萄酒，那又是午餐时发生的一个故事了，我待会儿再讲。我们没有准备开胃菜，他说并不是因为星期天才没有准备开胃菜。我觉得，在明摆着要想给客人留下深刻印象的情况下，他还那样做，是挺有勇气的。但他确实显示出了自己的某种内在品味。已经有烤羊肉了，还再准备白汁碎蛋或鸡尾虾做开胃菜，的确是画蛇添足。后来，我们吃的甜点是烘烤阿拉斯加。这

种甜点真的很不精致，但那是他唯一知道怎么做并且可以用烤箱烘烤的甜品——不用说，他才不敢叫我帮忙——而且，他认为既然他要开烤箱烤羊肉，就得再用烤箱做点别的什么。偶尔，他会露出一点精打细算的样子，那相当讨人喜欢。

马吉家的两个女儿觉得尽管那道甜点烤得不怎么样，但是很美味——我觉得那是因为烤箱不够热的缘故。她们是那种会用“美味”来表示“吃起来可口”的家庭。你能够想象吗？那姐妹俩穿着一模一样的方格呢短裙，不过，一个是绿色的，另一个是蓝色的。她们看起来像两个小女孩，打扮得漂漂亮亮的，出门吃周日午餐。你知道，那两条方格花纹小呢裙子是罗兰爱思牌的，她俩还各自戴了丝绒发带。从我的描述，你就会得知她们的那种打扮，简直令人无法形容。对了，她俩还都戴着珍珠小耳钉，跟她们的妈妈戴的一样。难怪她们的父亲要摆脱这个家。夹在古板小姐、刻板小姐和月桂树之间，他肯定过着牛马不如的生活。我可以想象出她们是怎样布置她们家的。我打赌她们家肯定挂着窗帘，有一张玻璃和黄铜材质的茶几，布置得像一家旅馆，只是规模小些而已。她们的厕所里肯定放着过期的《读者文摘》。阿希苓拉低音提琴，你能想象出比那更悲惨的事吗？

那天，我穿了一条牛仔裤和一件印有 HMV① 商标的运动衫。跟那两个女孩在一起，我一会儿觉得自己很前卫、很时尚；一会儿又觉得自己太平常，穿得不够精致，跟她们那种极其斯文优雅的风格太格格不入了。我得承认，午餐时我喝了太多的葡萄酒。爸爸对喝酒不是很严格。我想

---

① HMV 媒体集团是一家经营音像制品的国际企业。它的商标图案是一只小狗听留声机的样子。HMV 的全称是 His Master’s Voice(主人之声)。

他的理论是，如果孩子在家喝酒，且家长同意，他们就不大可能出于同伴的压力而去喝酒，最终导致酗酒。我的确同意这种想法，并且认为自己就是一个出色的例子，可以证明这个论调大多数时候是合理的。学校里的有些人，每个星期五晚上都去酒吧喝得酩酊大醉。虽然他们只喝了两品脱淡啤酒就醉成那样了，但我仍然觉得那个样子很令人作呕。通常，我只在某个星期天跟爸爸一起喝一两杯葡萄酒，仅此而已。

但是，那个星期天有点不一样。阿希苓，十六岁了，只被允许倒四分之一杯的酒，再掺上水。我想，需要那么麻烦吗？那样稀释过后，那酒就变成一种像利宾纳的饮料了。而我呢，喝完一杯之后，又偷偷多喝了一杯。我那样做主要是出于无聊而不是其他什么原因。然后，我就不停地往自己杯子里倒酒。没有人注意我。说得准确点，对于那对爱情鸟来说，我还不如不参加午餐聚会。而对于那位玛非特小姐①和那位爱摆架子的小姐来说，她们太忙于小心翼翼地用餐巾擦嘴巴，忙着说“请”、“谢谢”和“麻烦你把黄油递给我，好吗？”之类的废话。除此之外，整顿饭她们就只是专心致志地嚼食物，没有再说别的。

我感觉自己完全像个局外人。后来，我才意识到我为什么会有那种感觉。其他人都是成双成对的。一对相互献殷勤的爱情鸟和一对姐妹，只有我这傻瓜是独自一人。那让我显得特别碍眼，不合时宜。我开始理解为什么晚宴总是安排双位数的客人参加，传统礼节上就有很多这样的例子，当然，我指的是合理的礼节。现在，那对姐妹就坐在我对面——她们占据了餐桌的一边，而爸爸和玛格丽特分别坐在餐桌的两头，只有我形

① 一首儿歌里的主人公。

单影只地坐在餐桌的另一边。他们所有人看上去都像是从玛莎百货公司购物册的某幅图片里出来的人物。他们根本就不知道如何才算举止得体。说“请”和“谢谢”、用餐巾擦嘴巴，那都没有错。但是，真正有礼貌的人不应该让其他人感觉不舒服。她们头件事就是得学会什么才是真正的礼仪。

因此，我唯一能做的就是安安静静、一口接一口地喝卡本内苏维浓葡萄酒。当杯子里玫瑰色光泽的葡萄酒慢慢浅下去的时候，我终于开始不在乎自己是这个房间里唯一一个形单影只的人了。可能我的话也多了起来。喝了一杯酒之后，我通常会说很多话。但是，我想我并没有说什么让人丢脸的话。我的确感觉脸颊很烫。对那道烘烤阿拉斯加甜点，我可能说了些尖刻的话。我不是很确定自己具体说了什么，但我知道自己并没有肆无忌惮。有一点我知道，我告诉了玛格丽特所有老师的绰号。她不懂大多数外号的来历，也不明白自己怎么会有那个外号的。

后来，我就睡着了。饭后，我们都到客厅去喝咖啡(客厅这词是妈妈用的——就像大多数外国人一样，她试图掩饰美式口音，但常常矫枉过正)。就是在客厅里，我睡着了。我知道她们都咯咯地大笑了我一番，但是，对于喝醉的人来说，不知道被人笑话了是一件幸事，任凭他们怎么说都可以。

过了一会儿，他们叫醒了我，让我穿上外套，去邓莱里码头散步。邓莱里码头很漂亮，空气新鲜，风景美丽，海上的浪花飞溅起来，似薄雾笼罩。那一切令人心旷神怡。但是，那次散步对我来说却很痛苦。某个周日下午，酒喝多了之后，跟两个穿方格呢短裙的女孩一起在风景优美的地方散步，这是最痛苦的事。我向上帝发誓，她们事实上是一边一个地把我夹在中间走路的。像是某个下午从老人院里跑出来透透气的老太

太似的，大家情绪并不高。她们默默无语，只是挽住我，沿着码头走。我们在室外音乐会场待了一会儿，就径直往灯塔的方向走去。然后，我们迅速转身，回到另一端卖冰激凌的大篷车那儿。爸爸和玛格丽特也相互挽着手，在我们前面溜达。我的生活怎么变成这样了？我得这样度过我的周日下午吗？

七月二日　星期三

昨天，我去了趟商业中心，买了一件黑色长T恤和一双黑色裤袜。上周末受到方格呢短裙的冲击，我还没有从那极度的震惊中恢复过来。我要以这种极端相反的穿衣方式来缓冲一下。我从来都没有对一身黑的装扮那么狂热过。但是，现在我开始觉得黑色打扮非常时尚。我以此来声明对戴天鹅绒发带的不满。当爸爸问我为什么穿一身黑的时候，我就是这样回答的。他根本不知道我指的是什么。当然了，他说，我看上去像是在戴孝。“真的吗？”我用尽可能刻薄的语气说道，他因此又脸红了。唯一的困扰就是我只有跑步鞋和上学穿的棕色鞋子。我已经把我所有的积蓄都花在这身衣服上了，所以我还得存点钱买一双可以跟这身黑衣服搭配的鞋子。

七月三日　星期四

我简直不敢相信。早上他离家去上班的时候甩给我三十镑。尽管

是假期，我也起得很早，因为我不喜欢让他独自一人吃早餐（早餐吃的是炖干李子）。他这么精心地准备早饭，我觉得自己欠他挺多的，早上我应该起来，跟他一块儿吃早餐。给我钱之后，他说："我觉得我不能忍受你用那双棕色鞋子来搭配你的黑色衣服。用这钱，给自己买双黑色的鞋子。"我惊呆了。三十镑可是一大笔钱，相当于可以买生日礼物的钱。

七月四日　星期五

我兴奋得像是……高高飘扬的旗子，当然，这样形容我的心情还不够确切。我用那三十镑买了双马丁鞋，看起来棒极了，但是对七月天来说，显得有点笨重。可我还是喜欢它们的样子。爸爸看到这双鞋的时候叹了口气，但他什么都没说。他没有资格说什么，对吧？晚上，他就要离开家，去过他那下流的周末了。

七月六日　星期日

伊梅尔达是我的宝贝。她特地安排了一些活动，以确保我这个周末玩得开心。如果我觉得痛苦，那不是她的错。星期五晚上我是在丽莎家过的，星期六，我跟丽莎到商业中心去逛街——我俩都没什么钱——后来，我们去了格林公园。路上我们得费力地穿过一大片嘈杂的西班牙裔居住区。他们总是大群大群地聚集在居住区外面，大声地咕哝着聊天，

极其喧闹，令人讨厌。那就像是圣诞节的时候，你听到一千只火鸡在乱叫。我们努力避免被人群吸进去，咀嚼了之后再被吐出来。几乎是虎口脱险般，我们跑着穿过马路，来到安静的池塘边，坐在那儿看孩子们喂鸭子。

当小孩子的感觉真好。我记得我很小的时候，妈妈经常带我坐公车来这儿。我们会带一纸袋的陈面包。我敢肯定，那种食物对鸭子们来说真是太糟糕了，但它们似乎很喜欢那样的面包。我想知道，鸭子们是否会心脏病发作。丽莎说，那是一派胡言（她最近最喜欢用这个词了）。有时，丽莎会显得有点冷漠无情。

接着她就得回家去给孩子们煮茶喝。她妈妈每个星期六都休息，不管家务。丽莎和她爸爸两人轮流照顾孩子。这样的安排，让人感觉很温馨。丽莎却说那是个负担。我想，如果你不得不做某件事，那可能就是负担吧。

丽莎回去后，我溜达着往伊梅尔达家走去。她住在运河边上的一套flat（公寓）里。由于她家的装修是美式风格，所以我应该用美式英语apartment来指她的那套公寓。她房间里的所有玩意都很高级。那些都是她让工人们建造这套公寓时就安装好的。她有完全感应式的灯光装置，只要你看一眼，灯就会亮起来。她让工人们把整套公寓建成开放式，因为她说，把小得连一只猫都装不下的公寓按传统的房间格局分割开，会很可笑。她觉得自己的公寓太小了，小得连滥用镇定剂后生下的畸形人摆弄一只曼岛猫（一种无尾家猫）的地儿都没有（这是她的玩笑，我可没有那样说。总之，她家布置得非常有品位）。

她的家像是从美剧里搬下来的。你知道那种风格，厨房设在比客厅

地面高一点的小角落里，你可以从冰箱那儿一眼看到前门。但是，她装了一只普通的门铃，它只能发出吱吱声，而不是美剧中叮咚叮咚的声音。(尽管我有半个美国血统，但我从来没去过美国，所以我对那个国家的印象全都来自于美剧。我妈妈是被收养或寄养之类的，她没有一个完整的家庭，所以，我没有外公外婆或其他什么亲戚可以走动。)

伊梅尔达的卧室设在阁楼上，也就是说，她没有一间像样的卧室。她的卧室只是在主房间上搭起来的一个平台。你可能想象，她很难爬上那一小段又陡又窄的楼梯到卧室去，但是她却做到了。这样的格局很不错。但是，如果你要煎洋葱的话，问题就来了。整个屋子都会弥漫着洋葱味，无法散去。“所以不要吃油炸洋葱。”她耸耸肩说。(我想，反正她确实也不喜欢吃炒洋葱片。)可不幸的是，其他食物的味道也很难散去，比如，外卖的印度食品，那正是我们星期六晚上吃的晚饭。

吃完后，我马上洗了餐具。这是你在开放式公寓里住的时候必须得学会的金科玉律，永远不要把碗碟留到第二天洗。后来，我们去看了场电影。电影结束得晚，而我们还去比尤利咖啡厅喝了咖啡，所以就错过了末班车。于是，我们决定走回家，也只是一英里的距离。那是个美好、温暖、宜人的夏夜，我们悠闲地漫步在运河边上。当然，我的新靴子其实有点硌脚，不能算真正的漫步。而伊梅尔达确实是在漫步。她穿着长及脚踝的长裙，看上去优雅极了。说一个没有手臂的人优雅，那听起来很可笑，但她的确很优雅。我让她披了件漂亮的外套，盖住了她的肩膀，这样你就全然猜不到她的身体有缺陷。月亮挂在天上，像是一枚大大的、发光的硬币，它的倒影反射在幽深平静的运河上。我们停下来欣赏月亮——我是说欣赏月亮的倒影。不知怎么的，那倒影看起来更奇异，甚至

比月亮本身更像月亮。当然，它究竟只是个倒影，至少它发出的光只是反射光。伊梅尔达说："那双靴子会累死你的，辛迪，把它们脱了吧。为什么不脱掉呢，天又不冷。"于是，我把鞋子脱了。我把两只鞋的鞋带系在一起挂在脖子上，袜子塞到口袋里。这样，我们俩就真的在慢慢悠悠地溜达了。光脚踩在草地上，感觉凉凉的、湿湿的。沐浴在月光下，草地变成了深蓝色，感觉像是在电影里。你知道，就像是那种老式的黑白音乐剧。里面的人们会突然抱住街灯的柱子，表演二重唱。我有一种去抱街灯柱子的冲动，我愿意做任何事。我想，那是月亮让我产生了这种感觉。

我们回到家的时候，房间里还是弥漫着印度餐的气味，这可并不浪漫。我们做了热巧克力，还打开了壁炉，把温度开到第一档。并不是因为我们觉得冷，而是想要点亮光。接着，我们把灯关了，点了几根蜡烛。就着烛光，我们坐了很久，烤了烤脚趾头。有时，我们说说话；而有时，我们就那样沉默着，房间里只有电子火柔柔的嗞嗞声和烛火偶尔发出的噼啪声。让我感觉最舒服的就是伊梅尔达从来都不试图让我谈妈妈，那正是我害怕谈到的话题。我们并没有谈什么具体的事，只是聊聊刚看的电影，以及运河里的月亮倒影看起来像一幅浮世绘，等等。

我根本没有去想爸爸和玛格丽特之间的事，也没有去想现在他们在做什么。但是，到了第二天早上，情况就变了。

那天，我们起得很晚。伊梅尔达从来不去教堂做礼拜，甚至圣诞节也不去。我得说，那是一种极端行为，但我认为她能够始终如一地不去教堂，也显示出了她一种坚持不懈的价值观念。她说自己是一个叛教者，那听起来很神圣，事实上却正相反。我们起床的时候已经快中午了。伊梅尔达说这是吃早午餐的时间，问我想到哪儿去吃，是去商业中心一

家可以听爵士乐的酒吧，还是去比尤利咖啡厅？我问："你每天都去比尤利咖啡厅吃饭？"她耸耸肩说："几乎吧。"我知道这听起来有点傻，但那时候对我来说，住公寓、几乎每天去比尤利咖啡厅吃饭，好像是最时尚的事。我渴望长大，完成学业，然后也可以过那种生活。

我对爵士乐不是很感兴趣，但我没告诉过别人，因为喜欢爵士乐是件非常时髦的事。于是，我选择去比尤利吃早午餐。可是，当我坐下来，面前刚摆上一盘香肠和炒鸡蛋，我就哭了。小时候，妈妈经常给我做炒鸡蛋，把蛋高高地堆在烤面包上面，就和现在眼前盘子里摆着的一样。我知道，这听起来并不崇高，就为了一盘炒鸡蛋，哭得那么伤心。但是，生活有时就是这样，它根本就不像浪漫小说描写的那样唯美。

那么——丽莎讲故事的时候，每次开始说另一段话时，总是用"那么"起头。那么，就这样，我的眼泪一大滴一大滴、啪嗒啪嗒地落在我的早午餐上。我的肩膀一耸一耸的，很难看。伊梅尔达尽她所能地说些安慰我的话，而我流着眼泪，拿起她的刀具，开始替她切香肠。我看起来一定怪怪的，身子那样斜靠在桌子前切香肠，而眼泪不断地沿着鼻子往下流，滴在结实的桌面上。我突然想象到自己做这事的样子，看起来一定很可笑，这幅想象的画面使我自己笑了起来。于是，我不那么伤心了，有点开心起来。不过，既然谈起了这个话题——可以说，我的哭引出了这个话题——爸爸和玛格丽特的关系又让我的情绪失控了。我跟伊梅尔达说，其实这个周末他们一起去度假了。妈妈尸骨未寒，他至少应该做得体面些，过一段时间再考虑谈女朋友。我不知道我为什么用尸骨未寒这么令人伤心的词。可是，我也是刚一说到它才意识到这词让人感觉很难过，我又伤心地哭了一回。然后，我变得气愤起来，开始控诉爸爸，攻

击他的冷漠无情。有时,我会忘记伊梅尔达是他的妹妹,可我觉得她无论如何也不会支持他的错误言行。她坐在那儿听着,若有所思地嚼着香肠,什么话都没说。她既没有为爸爸辩护,也没有要求我镇静下来。我本可以吻她一下,就为了她可以那样子嚼着香肠,安静地听我说话。如果这不是星期天上午,我们也不是在比尤利咖啡厅里,我没有点这份炒鸡蛋,所有这一切都没有发生的话,我也应该吻她。

七月十六日　星期三

他最终承认他想要米莉·茉莉·曼蒂搬到我们家来(我真的需要停止叫她这个外号了)。唉,那不是他的原话。他说,他对玛格丽特是“认真的”,他希望我知道这一点,因为我们得开始计划未来的生活。但是,我知道他指的是什么。听到这个,我勃然大怒。我觉得我应该替妈妈发火,所以我大发了一通脾气,打碎了两个晚餐的盘子和一瓶墨水。爸爸一声不响地清扫了盘子的碎片,对于那些洒了的墨水,他无法彻底清理,只能用厨房用纸轻轻地擦。于是,壁纸上留下了令人惊异的图案,就像是某一套心理测试题。这些墨水印在向你诉说什么呢?情感的背叛?感情的无常?甚至通奸?或许,从法律上讲,那不是通奸,但是这也没多少差别。不管怎样,谁说不是呢?他们的关系发展得太快了,令人生疑。它还留在那儿。我是说墨水印。

这真的刺激了他,确切地说,不是墨水印,而是我突然的发怒。后来,他到我房间来。当时,我正趴在床上,整条羽绒被上都散落着我的头

发。刚才发了一通脾气，让我筋疲力尽，现在我只是偶尔啜泣几声。他迟疑地坐在床沿，温柔地跟我说话，好像我还是个小小孩。他轻轻地抚着我的头发，像拢一束毛线一样把它们梳理到一起，缠绕在自己的手腕上。(我的头发很长。)因为我的脸实实地埋在枕头里，所以我不确定，但我想有那么一会儿他可能把我的头发举到唇边吻了吻。我们就那样待着过了很久。然后，他说："如果这样做让你很不开心的话，辛迪，好，让我们忘了这事吧。"

我怎么会忘记！你不可能就这样把这种事给忘了。我不会让他这么轻易就脱身的。我翻过身来，使劲把头发从脸上甩掉。我咕哝着说，不，没关系，这是他的房子，他自己的生活，如果他想跟家人之外的某个人分享这个家和他的生活，那是他的事。当我说到"家人之外的某个人"的时候，他的脸抽搐了一下。他赶紧申明，这当然也是我的房子，我的家，他做不出强迫我跟其他人分享这些的事情。他只是觉得这个屋子只有我们两个人住，太空空荡荡了。而且，我也需要朋友。让两个跟我年龄相仿的女孩子到家里来住，不是很好吗？这听起来真幼稚！或者，也许没有那么幼稚，也许这是一种直接的操纵伎俩，就像那些拙劣、无病呻吟的好莱坞电影中的场景。那种场景我们有时候在周日傍晚看的录像里也看到过。我们常常被逗得咯咯直笑。那个场景也许来自电影《西雅图不眠夜》，或者《克莱默夫妇》。

这让我想到一个主意。于是我说，如果爸妈是离婚的，那就容易多了。这样我就可以只是搬到妈妈那儿住，而不是成为孤儿。我却连这样的选择都没有。就是这个原因，才令我很难接受他让其他女人住到家里来。离婚这个词刺痛了他，他又感到心酸了。我知道会有这种效果。而

孤儿的说法简直让他崩溃，他不出声地哭了。他把手放在前额上哭泣着。

我想，此时他看起来不再是温文尔雅。

七月二十四日　星期四

玛格丽特突然中断了他们的关系！她说，爸爸才刚失去妻子，此刻不适合做重大的人生决定。我知道，这只是她作为一个肤浅的心理学家的说法。但至少，他们搬到一起住的计划推迟了。也许她并没有那么令人讨厌。

就这样，爸爸失恋了。

七月二十五日　星期五

爸爸订了两张去里斯本待两个星期的机票，明天出发！顺便说一句，这两张票是给我和他自己订的，而不是给他和玛格丽特。

八月十一日　星期一

爸爸和我过了一个很精彩的假期！我原以为就我们两个人度假会很难受，可事实上不是这样。天气很炎热，我的黑衣服让我无法忍受这种炎热，而我们这么匆匆忙忙地出来度假，我只带了这几件黑衣服，所以

我们到达里斯本的第一天，爸爸就带我去百货公司买了三条长长的淡颜色的棉裙子，一顶草帽和一双有醒目带子的平跟凉鞋。买了新裙子后，我高兴地牵着他的手臂跳起了华尔兹，就像是电影里海伦娜·伯翰·卡特扮演的爱德华七世时代的某个角色①。我并不是说我像海伦娜·伯翰·卡特那样漂亮，而且我是近视眼，那也不符合角色的要求。但是，我头上那顶有带子的软草帽，让我从某个角度看就像她演的一个角色。而且，穿漂亮衣服的时候，我会戴隐形眼镜。

白天我们去参观了美术馆、教堂和宫殿。那些地方漂亮极了，都铺着你所能想象到的最华丽的瓷砖。每天傍晚，我们都找不同的餐馆吃饭。坐在室外人行道上或者露台上摆着的摇摇欲坠的小桌子旁，我们享用新鲜的沙丁鱼、箭鱼和山羊肉，还畅饮红酒。有时，厨师们在室外的炭盆上烹制沙丁鱼。坐那儿等着吃我们点的沙丁鱼时，店员会用托盘给我们端来带苦味的暗红色橄榄，我们总是吃很多。有时，餐馆也用奶酪做餐前开胃小菜。那种奶酪味道很浓，质地像奶油，通常上面配着些橄榄。有几个晚上，我们吃非洲菜肴，是那种过去葡萄牙殖民地时期流传下来的传统佳肴。我想，这就是为什么山羊肉也是其中的一道菜。

大家都说当今的葡萄牙非常穷，人们难以记起它曾经是个那么强大的殖民国家。里斯本就是这样，非常奇特。一方面，它有那么多奇妙的宫殿等游览胜地；而另一方面，如果你乘火车的话，到处可以看到一片片的贫民窟，就在那些富丽堂皇的房子后面。洗过的衣服就晾在窗户外面。当你看到绳子上晾着那些脏兮兮的衣服，你会想，在洗之前，这些衣

① 海伦娜·伯翰·卡特(1966—)，英国著名演员，她主演的《看得见风景的房间》即以爱德华七世时代为背景。

服该有多脏。

我们到葡萄牙西部一个叫辛特拉的地方玩了一天，那是位于里斯本城外丘陵地带的一个很美丽的村庄。我们还去了趟大西洋海岸的葡萄牙海滨胜地伊什托里尔。那里非常时尚、非常欧化，听起来有点可笑。但你可以假装你在德国黑森林里的矿泉疗养胜地巴登巴登，如果你明白我指的是哪里。或者假装是在意大利东北部位于利多礁上的海滨度假地利多，你可以在那里观看歌剧《魂断威尼斯》。你甚至可以假装自己是剧作家威廉·特雷弗笔下的一个角色，或是小说家安尼塔·布鲁克纳描写的一位犹犹豫豫的中年妇女。（你看，我阅读面挺广的。我学得最好的功课就是英语，这并不全归功于奥·唐奈尔先生。说实话，我自己也有这方面的天分。）

在葡萄牙的时候，爸爸的表现好极了，就像回到了从前。当然，这次妈妈没能跟我们在一起了。但是，我并不十分想念她。有天晚上，我和爸爸甚至去了赌场。现在我记不清赌场是在伊什托里尔还是在卡斯凯斯。那个晚上，我没有戴草帽，把头发扎了上去，让自己显得老成些。爸爸自始至终都只陪着我一个人，而我也不再需要用分机偷听电话是不是玛格丽特打来的。这一切真是令人开心。中途他确实溜走了几次，表面上是去换旅行支票，但我知道，他其实是去给她打电话。我知道她已经决定分手了，但我想，她不会不准他打电话给她的。他用邮局的电话跟她通话时，外面等着用电话的人排起了队，而一位葡萄牙接线员为了提高自己的英语水平还偷听他说话。当我看着这样的场景时，对我来说，一切似乎都没什么关系了。

我讨厌回家。都柏林机场总是下着雨，或者刚刚下过雨，或者就是

天像要下雨的样子。好像是度假的人们特意要这样安排似的，让你一下飞机就想要冲出去，预定下一个假期。也许他们跟英国气象局签过秘密协议，要把那些气象预告里用的小小的大暴雨标签永远地留在科林斯附近的城镇；也或许是被施了某种伏毒教巫术。

八月十四日　星期四

我去了丽莎家，把带来的礼物给她。那是葡萄牙西部小城镇辛特拉的一块瓷砖，那里是原产地。她看了看说："我拿这一片瓷砖可以做什么用呢？把它铺在儿童游乐室的淋浴房里？真有趣，真好玩，我可不这样想。"这真的是一片非常别致漂亮的瓷砖，上面画着一只颜色很美丽的鸟。我说，这只是一个纪念品，用来装饰的。她说，她知道，她只是在跟我开玩笑。你看，当你度假回来，在都柏林机场感到的那种恐惧，今天我在丽莎家又感受了一遍。

后来，我们去了趟凤凰公园。这事有点复杂。丽莎的小弟弟特雷弗正在学骑自行车，所以丽莎骑着他的自行车去公园，而我跟特雷弗坐公交车去。一路上，他嚼着口香糖，坐在位子上扭来扭去。我开始认识到有个弟弟的麻烦之处。我不明白为什么一定要到凤凰公园去练车，南边所有的公园有什么不好吗？不过，显然特雷弗是想用凤凰公园的自行车道，所以他不想到其他地方去骑车。他自己不能把车骑到那里去，因为他还不能够在大马路上安全地骑车。所以，丽莎得帮他把自行车骑到凤凰公园。

一到公园我们就自由了，因为他可以独自去练习骑车，尽管他骑得

还是摇摇晃晃的。丽莎和我坐在树下的长椅上，看着周围的一切。所有的一切好像是从我们眼前静静地滑过。所有的人都骑着自行车，在自行车道上滑翔。这根本不像是在爱尔兰，更像是在荷兰，人们在人行道上骑车，而汽车行驶在主车道上。在中午的阳光下，每个人似乎都靠着轮子往前滚动，像是你在美术馆的荷兰馆里看到的冬日风景画中的人物，他们色彩明亮，都在结了冰的运河上溜冰。只不过画中的冬景换成了当下的夏日景色。我们坐在长椅上，周围的人旋转着，不停地从我们眼前一晃而过，相互呼唤着名字，而远处有狗跃过篱笆。所有这一切让人感觉不真实，恍惚是在梦里。

丽莎的情绪非常低落——先前关于那片瓷砖的一番话并不像是她平常会说的——因此，我问她到底怎么了。于是，她向我倒出了所有的苦水。她说她妈妈又怀孕了，我看不出这到底有什么不对。她说，在这个时代，在这个年纪，有六个孩子很可笑，难道她父母没有一点羞耻心？他们的年龄都已经大到可以抱孙子了。其实，他们只有四十岁，但严格地说，她讲得没错。我问："是不是你自己……"她说："别胡说了，我很理智，无论如何我都比我妈理智。"不过，我不确定她是否说了实话。她有男朋友，至少表面上是有的，尽管我几乎很少看到她跟他出去。他叫基兰。理论上，我跟老艾伦·尼克斯（我们的宗教课老师）在交往。这种交往更"成熟"，何况它极其健康①。在我们这个年纪，千万注意不要跟你的男朋友睡觉。我希望等我真的有男朋友的时候，可以做出成熟的决定。

---

① 宗教课老师是女的。

我没有能够找出让丽莎不开心的真正原因。也许她是嫉妒，也许她确实认为自己才是应该怀孕的那个人，而又不愿意承认自己是这样想的。但她说，她只是觉得像她父母这么大年纪的人还有性生活，让人觉得恶心。她讲这话的样子可能会让你以为她父母都已经是满脸皱纹、嘴巴不停流口水的老人了。你看，我担心的是我父母已经不再过正常的性生活，而丽莎的担心正好相反。父母们造成的问题难道就这样没完没了吗？谁愿意当一个十几岁的孩子呢？你都不想谈恋爱了，因为那会是一场噩梦。事实上，或许，如果你这时候正在谈恋爱的话，你可能反而会感觉好受些。因为，那样你就不会把注意力都放在那些垃圾事情上。也许我应该尝试谈个恋爱，尽管我认识的男孩子其实并不多。

不过，当我弄明白丽莎心里担忧的事情之后，我就原谅了她刚才针对那片瓷砖所说的难听话。那确实是一片很漂亮的瓷砖，如果她不要，我肯定会马上把它收回。

八月二十一日　星期四

我早就该知道。我早就该知道事情不会这样轻易结束，爸爸和玛格丽特又在一起了。我就知道，先前的分手只是玛格丽特的一种计谋，我想，就像爸爸带我去度假也只是一种对策一样。现在，她们邀请我们星期天去家里吃中饭。我想，他们这是要巩固关系吧。我想不出还有什么比这更令人讨厌的了。她们住在都柏林附近，那里几个城镇的人都是这样，住在门窗是双层玻璃的房子里的人都看不起其他人，而那些住在带

有自家胡同的独立房屋里的人更是一些势利小人，那样的房子，价格要贵一万镑。我确信她们家肯定只是个非常普通的小地方，窗户开得过大，而屋子前面有一个没有栅栏的花园。门窗之间没有体面的雕花框，不过，屋内墙壁的齐腰处，应该是墙裙木条的地方，会有许多凹进去的墙纸饰边，以达到复古的效果。我知道屋里肯定会有一小套难看的桌椅和一张吃早饭用的吧台。我敢打赌，爸爸肯定希望这些家具跟人一起搬到我家来，尽管他很小心地避免提到这个话题。他可能很开心地想象过他收集的那些《伟大的作曲家》杂志可以马上安安稳稳地摆放在她的那个柚木杂志架上。呸！

当然，我就是不去她们家。我也这样跟他说了。我说，要我去她们家吃午饭，也行，但如果他想说服我搬到那边去住，没门。我还说如果他喜欢的话，他自己可以搬过去。他说不要想得太荒唐了，他从来没有想过搬到她们家去，即使他要去，如果我不愿意去的话，他也肯定不会自己一个人搬去的。好吧，这当然很荒唐，但我讲的不是逻辑上对不对的问题。

八月二十九日　星期五

嘿！我刚想到一个很了不起的主意。或许，建议爸爸搬出去，并不是一个很可笑的想法。如果他真的搬出去了，我就得请别人来跟我一起住，而伊梅尔达显然是个很好的人选。我知道她自己有一间很高级的公寓房，但她可以过来住，这儿的空间更大些，而且她不需要永远住这儿，

只要等我长大后可以单独住了，或者爸爸恢复理智搬回家来了，她就可以搬走。我明天就去问她，只是问问原则上她同不同意这样的安排。我越想越喜欢这个主意。那样也许会很有趣！

八月三十日　星期六

伊梅尔达觉得我的主意并不好。事实上，这有点尴尬。她试着委婉地拒绝了我的提议。她说，她有自己的生活，而且她非常欢迎我去她那儿玩，过过周末什么的。从长远来看，她的生活方式毕竟会跟我的不太协调。以前，我从来没有想过，除了去比尤利咖啡厅吃饭、听爵士乐和做我所知道的其他事情，伊梅尔达还会有自己的生活方式。我想生活方式是不是性生活的一个别称？天哪！除了我之外，怎么每个人似乎都做那事。

好吧，不管怎样，我也许不会再讨论这个话题了。整整一个星期，爸爸也没有提任何有关他要搬出去或让她们搬过来住的话题。也许他不再考虑这个选择了，也许他决定暂时把这事搁一搁。其实，他很久都没有跟我谈任何事了。他看上去——噢，我不知道该怎么说——有心事。或许是他工作上有难处吧，或许他需要考虑更重要的事情。

九月一日　星期一

今天我回学校上学了。过了这么一个情绪失控、混乱不堪的夏天之

后，去上学真的让我松了口气。好吧，也许从表面上看，我很平静，但其实我的内心却狂躁不安。为什么我就不能够像其他正常的未成年人一样，做些叛逆的事——吃摇头丸，上鼻环，到商店偷东西？那样的话，他还会不会这样粗鲁地对待我？但是，我想我这样理智成熟是为了我自己好。

昨天我们到马吉家吃了午饭。为了那顿饭，我好好地打扮了一下自己。我穿上一条爸爸在里斯本买给我的裙子——淡咖啡色、印有小小的矢车菊、蓝色图案的棉裙子。裙子长及脚踝，前排纽扣扣到底。走路的时候，裙子也跟着摆动。我想，那样子摆动是由于它的裁剪方式。穿上那条裙子，让人感觉我也有了胸脯，真的很漂亮。我自己当然有胸，只不过没有丰满到可以让人心情激荡的地步。我用玳瑁发夹夹住头发，然后戴上草帽，就穿戴整齐了。可是，还缺了把阳伞。

我原以为，为了去见爸爸的爱人和他爱人的孩子，我这样精心打扮，他会喜欢。但是，你猜猜他说什么？他说，我不需要打扮得这么夸张。夸张！从什么时候开始，穿上一条漂亮的夏天穿的裙子，算是夸张的举动了？我知道，有很多父母，如果他们的女儿换掉牛仔裤，穿其他衣服的话，他们会非常高兴。（其实，我这样精心打扮的一部分原因是，我的黑色衣服太脏，不能不换了。但是，没有必要让他知道这个。）不管怎样，我说，我可以不戴草帽，如果那样可以让他开心点的话。他说，好的，那样会低调些。我不明白他说的低调是指什么。他那样看我，好像所有人都会认为我穿的是紧身衣或者巴斯克紧身衬里。也许，他不喜欢我涂眼影搽口红，但他并没有那样说。况且我觉得化点妆也不过分。我搽的口红是梅子色，带一点点褐色的紫色，跟我的浅色皮肤很配。也许这就是他所说的夸张。

不过，她们家并没有我想象的那么糟糕。除了她在前院种的玫瑰花丛比较漂亮外，整栋房子的外表真的很难看。但是，屋子里面却挺温暖舒适的，当然布置得很单调。我很高兴地看到，她们家有一个像我期待的那样精致的杂志架，但却是松木的。那种质地的杂志架，现在随处可见。

午饭是牛肉馅饼，很好吃。饭后还有自制的糕饼和纯正的蛋奶油太妃糖。我跟玛格丽特夸奖食物很好吃。毕竟，吝啬赞美之辞是没有必要的。玛格丽特看上去脸色有点苍白。我觉得她说话时的吞咽动作比以前更频繁、更大声了，也许那是因为她感觉极度紧张吧。这是一个唯一可以想到的原因。

吃饭的时候还有葡萄酒，但这次我没喝，因为我不想像上次那样被拉着去码头散步。她的一个女儿喝了一点点，而玛格丽特自己却滴酒未沾，即便是爸爸劝她喝，她也没喝。想到这个，我记得她也没怎么吃东西。所以最终，葡萄酒几乎是爸爸自己一个人喝的。他从来不多喝，不过那天他喝了三杯，那大大超过了允许开车的限度。于是，饭后我们又坐了几个小时，直到他酒醒可以开车回家。

午饭后，阿希苓和阿尔娃洗了餐具。要不是会感到尴尬，我本来也要帮忙的。可是，坐在桌边，看着爸爸喝着第三杯葡萄酒，摆弄他的领带夹，我一样觉得尴尬。我很遗憾地承认，爸爸是那种用领带夹的男人，即使是星期天也照用不误。而此时，玛格丽特试图跟我闲聊。她问我，你最喜欢哪个流行乐队。那是大人问未成年人的典型问题，这有点像是问某个孩子“你在哪个班”。我敢肯定她的两个女儿喜欢男孩地带乐队，也敢打赌她们卧室的墙上一定贴着这支乐队的海报。我跟她说，我不追崇

流行音乐。猜猜听到我这样回答，她说了什么？记得我说过玛格丽特·马吉是个智商很低的女人。你一定猜到了，她说，这真有趣。这根本非常无趣，跟有趣一点都沾不边。这只是一个事实，也不是什么引人注目的事实。就像很多六十多岁的人不玩宾果游戏一样，也有很多未成年人不喜欢流行音乐。我强忍着没有这样说出来，我想，这说明我非常有自制力。有时候，我的自控能力就是很强。

两个女孩忙完厨房的活儿回到客厅，这让我松了口气。我从来没想过，还有哪一天看到这两个人让我这么高兴。阿希苓提议我们玩大富翁游戏。大富翁！你能想象我玩大富翁吗？但是，我确实玩了。我不想跟她们作对。玩得还不错，我做银行家，最后赢了。

九月二日　星期二

今天，我在走廊里的时候，老肉汁脸先生突然冒出来，跟我握手。教师们从来不会跟学生握手，我不知道该怎么回应他。他的指关节很突出，而且还潮潮的，像是一包古怪的弹珠裹在一块洗碗巾里。他问我，暑假过得怎样，我感觉如何。我说了些客气话。跟老师闲谈有点难度，特别是当他们必须伸长脖子仰头看你的时候。我没有意识到，这个夏天我一定长高了不少。

在走廊里撞见老肉汁脸先生，这件事提醒了我，如果我在学校里碰到米莉·茉莉·曼蒂，该多么尴尬。我已经尽量设法避免遇见她。我没看见她出席今天上午的集会，这很奇怪。

九月四日　星期四

她还是没有出席上午的集会。事实上，我拿定主意，只要我不被老师叫去办公室，上午的集会是我唯一可能会遇到她的机会。这样看来，我可能整个学期都不会在学校里碰到她了。

九月六日　星期六

我已经设法整个星期都避免见到玛格丽特了。

丽莎说，尽管她妈妈已经过了初期的孕吐阶段，但她整个人变得过分的多愁善感。丽莎觉得，她原先的恶心呕吐已经很令人难受了，而这种无病呻吟却更让人讨厌。我真的觉得丽莎的这些抱怨很傻。她为什么不能够好好地享受这整个过程呢？家里有个新生儿将是多么令人开心的事。我跟她说等孩子出生后，我可以到她家去帮她照看婴儿。她很不以为然地哼了哼鼻子，那哼鼻子的声音可真不好听。

这两天，爸爸还是心不在焉的。我担心他是不是遇到了财务困难。我忘了我是从哪儿读到过这种说法，说父亲总是会担心经济保障问题。而且，假如他们变得情绪低落或态度冷淡，那么很有可能是因为他们在担忧生意上的事。这在我听来有点男性主义至上。不过，谁知道呢？说不定真的是那样。

九月八日　星期一

我最终在学校里碰见了米莉·茉莉·曼蒂。事实上，遇见她，我感到有点高兴。因为我一直在担心着这一幕，现在它终于发生了，而且也不算太糟糕。那天，我正穿过校园，往主校区外面那幢独立教学楼的科学实验室走去，而她似乎是上班来晚了。我想，那时该有十一点了吧。当我看到她的时候，已经来不及躲起来或者装作没看见，所以，我咧嘴朝她笑笑。她锁车的时候朝我微微招了招手，我庆幸当时只有我一个人。如果有人看见她的这个动作，一定会捕风捉影、添油加醋地编出故事来。甚至丽莎都还不知道，这个夏天爸爸都已经快要跟她同居了。我遇见她的时候，她穿了件非常小女孩风格的宽松外套。就是那种你称之为上衣抵肩的外套，前面用傻傻的丝带打成蝴蝶结。我注意到这个变化是因为通常她穿的是那种窄窄的灰色职业短裙和涤纶衬衫。也许是爸爸的缘故，她感觉自己年轻了。呸！但是，我也注意到她的头发耷拉下来，不再那么硬硬地矗着了。这让我很满意。因此，她那修剪得跟灌木丛似的发型已经走样，让她看上去也不怎么像月桂树了，而更像是破破烂烂的老灌木。

九月十五日　星期一

今天，我的期末考试成绩出来了。我得了五个优秀、三个良好，尽管

我数学只得了良好，加维先生却又来跟我握手表示祝贺。他说话的时候，突出的喉结在他喉咙里发疯似的动来动去。奥·唐奈尔先生也来恭喜我。他还是恭喜我一下为好——我英语课的优秀可不是凭空从树上长出来的。我们发觉，他的名字是休，就像是历史人物休·奥·唐奈尔的名字一样。丽莎给他取了个绰号叫红休，不是因为他头发的颜色(他头发的颜色是黑色，而且是卷发)，而是因为他跟人说话时脸红的样子。红休对我取得的成绩很满意，我是从他涨红的脸上看出来的。如果没有得优秀，我真的会很沮丧，但是我不能把这种想法说出来。

丽莎想要我今晚跟其他人一起出去庆祝一下。我讨厌做这种事，可她在我耳边唠叨个不停，所以，我可能会跟她出去。不过，下不为例。

九月十七日　星期三

昨天是我有生以来过得最糟糕的一天。星期一晚上，我根本就没有跟其他人一起出去狂欢。但是，昨天早上醒来时，我却感觉像是前一晚喝醉了酒似的——一种我从来都没有过的感觉。我得赶紧声明，我只是根据别人描述的醉酒症状来判断。我想，我一定是被臭虫咬了。但是，如果前一晚我出过门的话，谁能够相信这是臭虫咬的呢。那晚我只是待在家里跟爸爸一起看电视。我们几乎不怎么一起看电视，两人一起看电视其实让人感觉很温馨。这是自妈妈去世后，我第一次感觉跟他这么亲近。即便是我们一起度假的时候，我也没有过这种感觉。度假很开心，可毕竟让人觉得不够真实。我们并没有做什么特别的事来庆祝我取得

优异的成绩。但是,晚上十一点的时候,我们煮了茶喝,还吃了些姜饼作为茶点。我们把姜饼浸到茶里,直到它开始溶化才吃。当很多湿湿的姜饼末像分解后的棉线须须一样漂在茶里的时候,茶就不能喝了。我俩就只好都换一个茶杯。后来,我们看了部夜场电影。爸爸喝了一听啤酒,我喝了点过气的可乐。这些都是我在厨房里找到的。那晚不能算是个真正的庆祝晚会,因为我们没有喝香槟,但是,我不介意喝点没有泡泡的可乐。

现在想起来,可能就是那种可乐,让我有了喝醉酒的感觉。但我觉得可乐不可能真的会变质。不管怎么说,昨天早上我确实感觉身体很不舒服。爸爸看我没有下去吃早饭,就来喊我。他敲了敲我的房门,然后探头进来问我打不打算起床。他看了我一眼,断定我生病了,不能去上学。他出去后,给我端来了一杯咖啡。我只是闻了一下,胃里就开始翻江倒海,突然冒出一身汗。爸爸又走了出去,端回来一杯茶,很淡、很烫、很甜,我尽量小口小口地喝着。他就坐在床边看着我喝。我喝完茶,朝他笑了笑。他说,这才是我的乖女儿。然后,他给我拿来一个脸盆和一块毛巾,以防万一我想吐。他还在边上放了一瓶巴力高恩纯净水。他说吃中饭的时候,他会回家来看看我。他是那样的和蔼可亲。生病可以让他对我这么体贴,也值了。不管发生了什么情况,他有时候对我确实非常好。想到接下来发生的事,我这么说一点都没错。

吃中饭的时候,他扔给我一颗炸弹。上午他走后,我一觉睡到了中午。然后,我起来洗了个澡,感觉好多了——其实,我很少生病——后来,我穿着浴袍晃荡了一会儿,想着该穿什么衣服。大多数我平时穿的衣服正在洗衣机里洗,而我又不想穿连衣裙。于是,我想到一个好主意,不知道我以前怎么没有想到过。妈妈的衣服还放在她的衣橱和梳妆台

的抽屉里。我决定进他们房间找衣服穿。看着那些衣服整整齐齐地叠放着，就等人来穿，我感到有点难过。哪一天，我应该把这些好好整理整理，看看我想留哪些，而哪些需要送到乐施会商店。不过，我找到一件很不错的运动服，颜色是她喜欢的那种玫瑰红。我穿上这件衣服，喷了点她的香水，那香水很久未用，有一点点霉味。这让我感到不寒而栗。

然后，我下楼到厨房去找中饭吃。我还是觉得有点恶心，但我记得冰箱冷冻室里还有些土豆汤，我觉得我可以勉强喝点。我把汤拿出来，放到炉子上加热。可笑的是，花了很长时间，汤才解冻。等解冻的这段时间，你都可以重新做一份汤了。不管怎样，我就那样站在炉子前面热汤，不断地用木勺子搅拌那冻得像冰山一样的汤，设法把大的冰块弄碎，搅拌到锅底，这样，汤可以热得快一些。我不知道我那样做是否有用，但是除了那样，还可以做什么呢？总比咬你的手指头强吧。我站在那儿，听到爸爸用钥匙开锁的声音。“你好！”我高兴地打招呼。从开着的厨房门，我看到他呆立在过道里。“怎么了？”我大声地问。他从呆滞状态清醒过来，把钥匙挂在前门边挂钥匙的挂钩上，走进厨房。

他一声不响地坐到餐桌边，然后说：“有那么一分钟，我还以为你是你妈妈。”这就可以解释他刚才的行为了。我知道，我正穿着妈妈的运动服，但我的体形跟她的完全不一样。而且我是黑发，她是金发。“我有事要告诉你，辛迪。”他低声说道，根本不像他平时那种自以为是的样子。我停止搅拌的动作，离开炉子，坐到他对面，突然有一阵恶心的感觉袭来。我不知道那是不是因为流感病菌还在作恶——我嘴巴里还可以感觉到它像是被一根钢丝牵着在我体内游荡——或许，是因为我感到恐惧。

我把胳膊肘放在桌子上，故意手掌心向上撑着下巴，这样，如果我觉

得我想哭或者要发怒或者感觉尴尬，就可以很容易用手捂住脸。感觉我需要为各种可能会发生的事情做好准备。这听起来很严肃。我以为他也许会再提搬到玛格丽特家去住，或者她搬到这里来住的问题。

从某种意义上说，他确实提到了这个问题，而且不仅仅是这个问题。他告诉我，玛格丽特怀孕了，因为这个，他们决定下个月结婚。我惊得目瞪口呆，都忘了发脾气。等我想起来该发怒的时候，已经太晚了，已经过了该发脾气的时机。我只是坐在那儿，手捂住脸，眼睛酸痛。不是因为流眼泪而痛，我并不是想哭，甚至都不觉得伤心或愤怒，我只是觉得震惊，但我感到我的眼皮凉凉的。我缓慢地眨了几下眼睛，垂下眼皮来暖和一下自己的眼睛。我就那样坐着，盯着他，不停地眨眼睛，又睁开眼睛。我不知道我这样子过了多久，但肯定过了很长时间，因为接下来我意识到汤烧焦了。

我不知道他为什么选在这个时候告诉我。真正让我觉得难受的是，那一晚，我们一起吃姜饼，开开心心看电影的时候，他一直都瞒着这个消息。至少，我认为当时他一定已经知道玛格丽特怀孕的事了。他不可能是昨天上午才知道，然后直接回家，特意选在中饭时间来告诉我这件事。我感到，自己就像一只刚刚被人放了气的气球一样，非常失望、非常沮丧。

九月十九日　星期五

我仍然很震惊，几乎不相信这事真的发生了。成年人怎么能够让这种事发生？想想他们竟然有胆量教我们该怎么行为处事！老师们总是在

学校里喋喋不休地说，意外怀孕会怎样搅乱你的生活（他们不说意外怀孕这词，因为这是违反天主教教义的）。而她是我们学校的心理辅导老师，不是教其他任何学科的教师。我们学校有一个赞成收养的政策。当任何女孩怀孕的时候——我并不是说总是会发生这种事，但曾经发生过——人们总是建议她：（一）不要跟孩子的父亲结婚，因为（1）他们都太年轻，而且（2）由于怀孕而结婚是个很糟糕的借口；（二）不要试图独自抚养这个孩子，因为那样会毁了你的职业前途。噢，他们不是那样说的，他们说那会中断她的学校教育，但他们并不是真的指学业上的中断。看下星期三的时候，米莉·茉莉·曼蒂究竟怎样挺着肚子，手上戴着新婚戒指来宣扬这个学校政策；解释为什么在你十六岁的时候以怀孕为借口结婚是糟糕的，而你四十岁的时候，它实际上成了你得结婚的唯一借口。而且，无论怎样，难道四十岁怀孕不是太老了吗？这种局面就是不负责任造成的后果。我敢打赌，她是故意怀孕的，为了让他进入这个圈套，跟她结婚。这头母牛。

她将不得不辞职。并不是那些修女要她这么做。否则，那就跟他们所倡导的崇尚自由的教育理念唱反调了。但是，这事发生后，她在学校里的信誉就丧失了。

九月二十日　星期六

一天几次，我不得不小心翼翼地坐下来，告诉自己，这个房子里马上就要有个新生儿了，它不是任何别的婴儿，而是跟我有半个血缘关系的妹妹或弟弟。更不要提新加入这个家的其他成员——一个继母和一对

与我没有血缘关系的姐妹。在我刚开始习惯一家三口只剩两口的生活后，几乎是脱帽子的工夫，家里就添了四个新成员。这真不公平，特别是当你觉得其中的三个人非常可恨的时候。我并不是说她们刻薄、极不友好或者有其他什么不好的品质，她们只是非常无趣、神经质、愚蠢和……唉，就是跟我们太不一样了。当然，我们也神经质，每个人都有神经质的时候。但是，我的确认为，我们即使是发神经病，也比她们更有创意。

唉，妈妈！不管死去的人们到底去哪儿了，我真希望你可以回来告诉他，这是你的家，他是你的丈夫，你是我的妈妈。我们应该像原来那样，还是一家人。而不是现在这种两个破碎家庭的拙劣组合，全都变成了继父继母养女之类的家庭关系。我再也没有机会嘲笑你的那些论调了——说什么穿最适合的颜色可以让自己变漂亮，也没有机会再嘲笑你，晚上去参加那些品尝葡萄酒之类的活动，更没有机会再嘲笑你任何傻乎乎、矫揉造作的说话方式。如果还有机会，我不会再跟你说，不要太美国化。我保证，我不会那样做了。为什么所有的一切都发生在我身上？我都做了什么事该受这种惩罚？我知道我不是这世界上最好的人，但我也不是个作恶多端的人。难道我是坏人吗？

九月二十二日　星期一

周末，我把这事告诉了丽莎。她惊讶得用手捂住了自己的嘴巴，以此表示她有多么的吃惊。但是，我的确认为她并没有真的觉得那么惊讶，她只是做做样子以制造气氛而已。后来，她承认，她一直猜想这事最

终会发生。事后这么说说当然容易，但她还指出，这学期到目前为止，米莉·茉莉·曼蒂都没有参加过晨会。而且，她开始穿宽松的衣服，她的皮肤也起了斑点。看到我瞪着眼睛，不明白这是怎么回事，她解释说，这是她从书上看到的。听她说这些，有种滑稽的感觉。她说起这些事来显得那么客观、那么富有医学知识。我估计这是因为她经历了她妈妈多次怀孕的缘故。也许，那些经历让她说起这些事来感觉非常自然，一点都不觉得不好意思。不过，我发觉自己也跟丽莎一样，开始细想各种症状。那天的中饭，她没有喝酒，她的脸色很苍白。最近几个星期，爸爸总是心事重重的样子，老是出神。所有这些情况摆到一起就很明白了，可怕、变态的事情真的发生了。

我不知道她到底怀孕多久了。我也不想知道这种不幸到底什么时候会发生。我特别不想知道，甚至也不想去考虑，那个不幸的孩子是什么时候怀上的。例如，是去里斯本之前还是之后呢？我为什么还要问自己这个问题？我不想知道答案。但我还是不停地去想，就像是某颗牙新填了东西，你不停地用舌头去舔，或者像是你禁不住要去揭开伤口上结的痂，或抠掉长出的青春痘。根据丽莎的说法，甚至她的头发变得软塌塌的也是怀孕的征兆。我们的丽莎真是精于世故。

丽莎狡黠地说，家里有个新生儿很不错。如果你愿意，我会过来帮你照看他的。有这样的朋友……后半句我就不说了。

九月二十九日　星期一

婚礼将在三个星期之后举行。三个星期之后，我将有一个继母，不是

那种邪恶的继母，而是一位愚蠢的继母，这也许更糟；三个星期之后，我将有两个令人无法忍受的异父异母的姐妹；而五个半月之后，将有一个婴儿出生，它是我同父异母的弟弟或妹妹。我不知道该怎么接受这些事情。有没有哪一本书可以告诉你，这种情形下该遵从什么礼仪？不是因为我真的想知道有什么礼仪。你想表现好的时候你才遵守一些礼仪规则，而我不想表现好。我很想举止态度恶劣些，但我可能做不到，只因为我太有教养了。

自从爸爸告诉我这个可怕的消息之后，我再没有见过那两个令人讨厌的玛吉家的女儿。但是，据爸爸说，她俩知道妈妈怀孕后非常高兴。我确信他这样说是为了让我感觉更糟糕，因为我并没有为此而欣喜若狂，反而觉得这是丑闻。讨厌的家伙！

九月三十日　星期二

他们都忙着筹备这个婚礼——爸爸每晚都在讲电话——但是，有人真正考虑过婚礼后这个新拼凑成的家会怎样吗？（拼凑这个词用在这儿怪怪的，现在我意识到了。）我们所有的人一起生活，究竟该怎样相处？

昨晚，我让爸爸坐下，详细地告诉我他的计划。事实上，我跟他事先预约好了时间。否则，我觉得他会尽量避免谈到这个话题。只是在婚姻登记处举行一下仪式——我是指那个婚礼——我猜那是因为她离过婚，而他也保证过，婚礼不会太隆重。他们不打算安排穿塔夫绸礼服的伴娘，也不会定制多层婚礼蛋糕以及其他讲排场的东西。至少爸爸是这样说的，但我不认为阿希苓和阿尔娃会放过这个可以戴花饰束发带和白色

手套的机会。如果她们把这个婚礼变成 ProNuptia① 马戏团表演，我就拒绝参加。不管怎么说，我确实考虑过不参加这个婚礼，但伊梅尔达说，那样对爸爸太冷酷无情了。不过，如果这个婚礼安排得令人非常不愉快，我还是保留不参加的权利。我就是这样跟他说的。

后来，我继续问他，我什么时候可以知道他的安排。我不是真的想知道他关于婚礼的安排，我想知道的是他对生活的安排。我问他，各自都将住哪儿，以及实际上他打算怎样安排这一切。我问这些问题的时候，他显得很不自在。他这种不自在的样子让我很满意。我开始觉得，从长远来看，跟他预约时间见面谈话比突然发脾气更有效。从我的角度来说，我意识到这种处理问题的方式显得更成熟。家里总得有个人成熟一点。总之，我只从他嘴里问出来，玛格丽特将搬来跟我们一起住。婚礼一结束，她就会把她的房子挂牌出售。我提醒他，非常严肃、非常冷漠、非常实在地提醒他，就在几个星期前，他还说这也是我的家，除非我同意，否则他不会让别人搬进来住。一听到这个，他看起来更不自在了，而且他居然跟我说对不起。这一刻真让我感到满足，但是这种满足感很短暂。事情还是一样，无法得到改变。他心虚地说，现在情况变了，他无法改变现实，毕竟，现在要考虑还没有出生的婴儿。这个未出世的孩子真是成了一个很方便的借口。

十月八日　星期三

我一直在想象，她搬进来后我们的生活会怎样。而且，我很不喜欢

---

① 著名法国婚纱礼服品牌。

我想象中的生活状态——她在我们的厨房做饭，看我们的电视，用我们的电话机聊天，她的拖鞋放在原本是我妈妈睡的那一边的床下，她的孩子四肢摊开趴在我们的沙发上，她的丹碧斯①放在我们浴室的柜子里，她梳子上的头发扔在我们的垃圾箱里。

我觉得我最好马上把妈妈的衣服整理一下。一想到妈妈的家马上就要被别人侵占，就已经感觉够糟糕的了。但是，我至少可以保全一些她的东西。我不忍心想到玛格丽特打开抽屉，把妈妈的衣服和东西推到一边，摆上她那些劣质的涤纶衣物。

十月九日　星期四

我刚刚被一个最致命的想法吓蒙了。那个婴儿也将跟她们俩有半个血缘关系。那真是令人憎恶！“异父异母的姐妹”听起来关系不是很亲。这个，让人颇感欣慰。但是，由于那个跟我有血缘关系的同父异母的婴儿，那两个异父异母的姐妹事实上与我也是一家人。哦，妈妈！幸好你不在这儿，因为这些关系真是变得太错综复杂了。但我希望我能有一个妈妈。此刻我就需要妈妈的安慰，丽莎事实上一点用都没有。我想，这整件事情只是让她太兴奋了，以至于作为好朋友，应该安慰朋友的分内事，她都做不了。当然，不管怎么说，她还要操心自己的妈妈。而且，甚至伊梅尔达也不能真正理解我。不行，我这么说太不公平了。我

① 卫生棉条的品牌。

想她是理解我的。但是，除了支持我，她真的做不了任何事来帮助我。是的，她一直都是支持我的，每天都会打电话给我，周末很多时候都跟我在一起。有时候她还过来吃晚饭，而我有时也到她那儿过夜。我很高兴有她在我身边。至少这个家还有个人可以依靠。

十月十七日　星期五

她怀孕的事实真的开始遮不住了。你会想她要是穿件紧身内衣或者其他什么东西来束住腰肚就好了。在学校里，她这样子显得很尴尬，有些女生开始注意到她的变化。有人说，五年级的学生已经开始打赌，猜谁是那个父亲。有人把赌注下在肉汁先生身上，而下在伊根神父身上的赌注竟占了四分之三。这太恶毒了，伊根神父不是那样的人。他们这样打赌只是为了显得自己胆子大，因为指控神父让女人怀孕的想法富有创意。如果他们知道谁是真正的父亲，他们会大跌眼镜的！当然，我想他们很快就会知道真相。我不可能守住这个秘密，那就是我的父亲很快就要跟我们的一个老师结婚了，而且那位老师正怀着他的孩子。

而阿希苓和阿尔娃在学校里就没有这种尴尬。她俩在另一所学校上学。很可能她们学校没有人会觉察到这件事。有时我希望自己可以像动物一样慢慢爬走，冬眠一段时间。当我醒来的时候，一切就像没有发生过。我不是说妈妈去世这件事。我知道这事已经不可逆转，妈妈永远不会再回来了。但是，后来的一切，我真希望都没有发生过。这恐怕是个可怕的错误，也许爸爸可以变得理智些，也许会有奇迹出现，事情会

有转机。

有一点是肯定的,那就是除非我结婚了,生活得很开心,否则我就不会考虑怀孕生孩子。或者我去做个修女,跟那帮被称为男人的社会渣滓没有任何交集。

十月二十一日 星期二

昨天举行了婚礼,阿希苓和阿尔娃并没有当伴娘。爸爸说如果我不是伴娘,而她俩做伴娘,那对我不公平。玛格丽特说我本来可以当伴娘的,只是我自己不愿意,但是爸爸说,不管什么原因,结果是一样的,因此就不要有伴娘了。这是很长时间以来,他第一次站在我的角度替我说话。大概他开始后悔所发生的一切了。不过,现在后悔已经太晚了。哈！我可以说些诸如自食其果、自作自受之类的先哲名言,但是,在这种情况下,说这个显得太照本宣科了。

最终,我还是没有去参加婚礼。我自己许诺过,如果阿希苓和阿尔娃两人穿得像日本艺妓似的,我就不去了。结果她们果真穿得很隆重(事实上阿希苓还戴了串珍珠项链),但也并没有穿得像真正的日本艺妓。最后,我还是无法面对那种场面。婚礼前一天,吃早餐的时候,我告诉爸爸,我不去参加他的婚礼了。我说,我很抱歉,但我真的做不到。他顿时脸色煞白。那一刻,我几乎忘记了自己有多么的生气和心烦,也几乎忘记了这所有的一切都是他自己决定要做的,都是他自己犯的错。我几乎都要原谅他了。但是,我只是继续用匙子舀玉米片吃,没有再多说一个字。(是

的，玉米片——最近，爸爸太忙于自己的婚礼，没心思像往常一样精心准备早餐了)。他长长地叹了口气，像是那种装腔作势、刻意策划的叹气。然后，他说，我自己决定去不去，他不能强迫我去。我说，我这么做，并非出于恶意(尽管我内心微微地知道这不是实话)。我不去，只是因为我实在无法面对这些(这的确是真话——感情是很复杂的东西，不是吗?)。他说，没关系。于是，我走到他那边，站在他身后，从后面稍稍抱了抱他。他拍拍我的手，没有说什么，但我想，这意味着他已经原谅我不去参加他的婚礼了。这才差不多——毕竟我有不去的权利。我不必积极参与到这整个令人羞愧的事件中去。在我不在场的情况下，违背我的意愿，让马吉一家人强行跟我建立亲密的家人关系，已经够惨了。还要让我在他们领结婚证的时候为他们喝彩欢呼？这也太残忍了！

伊梅尔达是见证人之一，另一位是伊根神父。即使只在婚姻登记处结婚，伊根神父还是陪他们去了，这让我觉得他很公正。这个每星期六都擦洗他的丰田车或马自达车或其他什么牌子的车的人，我永远不可能真正尊敬他，但是，从这件事来看，他做得很得体。也许以后我真的会去做修女。

昨天，我本来想去学校，就像平时上学一样。但后来我想，为什么要放弃这个可以不用上学，自己待一天的机会呢？于是我赖在床上，直到爸爸离开家才起床。今天，爸爸穿的是灯芯绒外套和比最好的那件衬衫略差一点的一件衬衫——他刻意不让自己穿得过分张扬。除非极为必要，否则他不想再次得罪我了。哼，可了不起呀！

我起床后，无聊地在家里随意走了走，但我还是忍不住要想摩斯沃斯街正在发生的事。最后，我跳上一辆公交车，到了摩斯沃斯街，站在婚姻登记处外面。(我知道那就是婚姻登记处，尽管没人确切地告诉过我。

我尽量不让自己显得那么迂腐。我认为，认识到自己的错误并且努力纠正错误是很重要的。如果每个人都用这种态度来对待错误，那么这个世界就会变得更美好。)

在婚姻登记处附近转悠，让我觉得自己有点傻。有那么一瞬间，我有一种冲动，想马上跑到拿骚街的里德商店，买一包婚礼后可以抛撒在新人身上的彩色纸屑。然而，我又想那会显得我的态度前后矛盾。我无所事事地在那儿待了一会儿，最后，我觉得自己真不该来。于是，我就往水磨石书店走去。我在书店的诗歌区消磨了很长一段时间，通常那儿让人觉得很安心，但昨天却不是那样。当我试着读谢默斯·希尼①那首关于他临终母亲的诗时，我都不能顺利地读下去。书上印着的字像是在游动，变得很模糊，我这才意识到，那是因为我哭了。我把那本小巧的诗集放回到书架上，跟其他诗集摆在一起——诗集总是设计得很薄、很雅致——然后，我设法装出冷静的样子，偷偷溜出书店，以免别人看到我哭。我想，如果有人问我怎么了，我会受不了的。并不是说真的会有人这样问我。悲伤让人觉得尴尬。他们会假装，那是为了不想让你尴尬才装作没有看到你伤心，但事实上，那是他们不想让自己遭遇尴尬。

我估计，那时他们已经完成结婚登记手续，成为合法夫妻了。于是，我决定坐公车回家去。但是，站在公交车站，在冷风中等车时，我突然冲动地跳上了另一辆公交车，我几乎不知道自己在干什么。只有我一个人，孤零零地坐在那辆双层公交车的顶层，用手帕捂着鼻子，独自哭着，看着窗外所有的人都在急急忙忙地购物，好像他们就是靠购物过日子似

① 谢默斯·希尼(1939—　)，爱尔兰作家、诗人，一九九五年获诺贝尔文学奖。

的，好像购物就是活着的正当理由。但是，我并没有像平时那样，当注意到别人的肤浅时，会觉得自己比他们优越。那时，我只是为他们所有的人感到很遗憾。想象一下，他们都在购物，也许因此他们就可以不做那些更实在的事情。我知道，这都是我伤感的时候说的废话。有一半的人可能根本就不是在购物。也许他们只是买些邮票，或者刚从办公室里跑出来吃个早午饭，或者匆匆地去看预约好的牙医。

我坐在车上，不知道它开往哪里。直到我看到一堵高高的灰墙和延绵起伏的草地，草地上整整齐齐地竖立着那些小标识，我才彻底弄明白自己是在往哪里去。一到秋天，我就总是围那条长长的锈色围巾。当我跌跌撞撞地下车的时候，我的长围巾几乎被车门夹住了。我及时地把它从公交车的橡胶门缝里扯了出来，公交车好像被迫交出这条围巾一样，夸张地叹了口气，开走了。像缠绕那种可以令人感到安慰的护身符，我把围巾在脖子上绕了好几圈，然后向大铁门走去。

一开始，我没有找到妈妈的墓。我们已经很久没有来看她了，通常我们开车走另一条路，从另一个入口进来。有那么几分钟，我感觉糟透了，我以为在所有那些过世的陌生人中间，我再也找不到她了。那些过世的陌生人，分别姓伯恩、坎贝尔、奥康纳、墨菲、朗内尔、瑞恩、奥尔兰、奥唐德、科根和哈钦森等等。死者的名字跟活人的几乎一模一样。当然，很显然他们必须得有名字，但这个事实仍然有点出乎我的意料。我想，如果墓地按字母表排列会更合理些，就像是电话号码簿或者《英国名人录》①那样的大部头书，但我明白，即使是那样排列，具体操作起来还

---

① 一部每年都会出版的以个人成就为主要收录标准的履历型传记工具书，最早于一八四九年出版。

是挺有难度的。不过,对于到墓地来扫墓的人来说,按字母表的顺序找自己的亲人会容易得多。而现在,这里的墓地安排就像超市一样,假定人们都是文盲,在称重量的磅秤上用水果蔬菜的图,而不是按字母表顺序来标价格。(我知道管理超市的人认为顾客是不识字的,以为用相应的小图片来标识每件商品会更方便顾客。)

就像你已经习惯了穿一双新鞋子,妈妈的墓地现在看起来已经不像先前那么令人不舒服了。它看起来不再像新坟墓那样突兀、苍凉和孤零零,按墓地的岁数算,它已经进入了中年。我意识到新近已经又有些家庭,有些女孩和男孩失去了他们的亲人。我几乎感到有点嫉妒他们,嫉妒他们刚经历的还没有经过时间磨蚀的伤痛。那些墓地上还没有长出青草的逝者的家人,仍然处于刚刚失去亲人的悲痛期。他们的家人仍然合着双手、轻轻地说些吊唁的话,而他们的子女们也许还被允许可以延期交家庭作业。而我的朋友、老师、邻居都已经习惯了我妈妈已经去世的事实。但是,我连自己的亲妈过世后的生活都还没有习惯,又如何能够让自己去习惯一位后妈。

自妈妈去世已经有段日子了,她的墓地也已经长出了青草。我站在那儿,感觉自己有点愚蠢。我没有带任何鲜花或者其他什么东西来吊唁。我感觉自己似乎是失礼了,就像是有人去医院探望病人,却忘了带葡萄之类的水果一样。天灰沉沉的,还只是中午,就已经让人感觉像是黄昏。我试着做了个祷告,但也没有奏效。因此,最后我只是拍了拍那耸立在墓上的十字架。这个动作确实令人感觉很傻,但我设法让自己显得庄严肃穆些。我觉得自己的嗓子刺疼,这比流泪更糟,我赶紧转身走了。我离开的时候,栗子树上的一只乌鸦唱起歌来。大多数的树叶都已

经掉光了，只一两分钟，我就找到那只在光秃秃的树枝上啼鸣的鸟。我以前不知道乌鸦在十月份还啼鸣，但现在，我确实不知道，在这个寒冷的阴沉沉的下午，有什么可以让它那么激动，可它就那样子唱起歌来，有时，大自然真是让人无法理解。关于那只似乎是通灵性的乌鸦，就写到这儿吧。

我到家的时候，他们正在客厅里开香槟庆祝。我想，这肯定不是第一瓶了。他们的脸都红红的，这不可能是吹冷风的缘故。只有我，穿着牛仔裤、戴着羊毛围巾，显得跟这个场面不搭调。我尽量不让自己失礼，甚至还喝了半杯酒，但我拒绝跟阿尔娃碰杯。阿尔娃已经兴奋过度了，因为她之前从未喝过酒。我夸张地替伊梅尔达举着酒杯，这让我显得有点岐视残疾人，但那样，我至少可以做点具体的事。当你遭遇我当时感受到的那种尴尬时，那正是你所需要的。

伊根神父讲了话，他说的话跟当时的场合不是很搭调，但我想这个可怜的人已经尽其所能地让一切显得正常，那很像——这其实是我所能想象到的最反常的一个场合了。（好吧，好吧，如果你硬要我想的话，我能够想象出更反常的情景，但那些都是根本不可能发生的。）然后，我们大家一起去本地的一家意大利餐馆吃意大利面。我们住的那个区，在街道转角的地方有家意大利餐馆。这儿的意大利餐跟都柏林的很不一样。我希望这一大群人吃的时候能够体会出那种不同的风味。肯定有人（可能是伊根神父？）给餐馆的主人卢伊吉暗示过，这是婚礼后的聚餐，因为卢伊吉推进来一个巨大的盖满了奶油的巧克力蛋糕。我想，蛋糕顶层装饰的塑料马蹄铁吉祥物以及所有点燃的生日蜡烛，让这看起来更像婚礼的场面。当然，这并不是哪个人的生日，但卢伊吉有点热情过头了。他

并不是真正的意大利人，可他假装自己是。他甚至在餐馆里挂上那些只有在意大利才有的难看的环形霓虹灯，他还在厨房门的上方钉了个俗不可耐的雕有耶稣殉难像的十字架。那也根本不是一扇门，而只是那种你可以穿行的用细长条的物件拼成的门帘。

意大利餐馆的食物是这整个过程中最值得一提的，非常好吃。尽管老卢伊吉本人装腔作势，但他做菜确实有两手。

十月二十四日　星期五

婚礼结束后，我在伊梅尔达那里待了几天。这是我自己的主意。我想，你可能会说我做事老练。阿希苓和阿尔娃也到其他地方住了一段时间，这样爸爸和玛格丽特可以有时间习惯彼此。显然，他们至少已经相互习惯了，但我所说的习惯是指习惯婚后的生活和角色。他们没有去度蜜月，这样至少可以免得我们大家都尴尬。于是，他们就这样在我们家稍微过了过蜜月。除了婚礼那一天，其他的日子他们也都正常去上班，没有请假。但是，爸爸说，我可以下星期再去上学。这一定很滑稽，是玛格丽特而不是我，每天离开我们家去学校。当然，这不是那种会让人哈哈大笑的滑稽，而只是一种特定情形下的滑稽。（这是伊梅尔达通常的说话方式。我发觉，时不时地这样说话，很有讽刺效果。）我想知道，学校里的人是否已经知道爸爸和玛格丽特结婚。有些教职工一定知道了。我只能想象，肉汁先生听到这个消息，一定激动得连脖子上的喉结也抖来抖去；而红休先生呢，他将像深红色的甜菜根一样，脸红一个星期。艾

伦·尼克斯肯定很不赞成这件事，但她当然不能这样说出来，否则，她会成为学校里的另类。我打赌，如果她听说，这次结婚只是在婚姻登记处登记了一下，她一定会设法组织一个小小的祝福仪式。她会找一些听话的圣方济各会修女之类的人做礼拜仪式，还要点上蜡烛，安排很多活动，让大家咏唱她小册子上的泰泽乐曲。只要她不试图让整个班级都卷入这件事，管她怎么折腾都行。

明天我要回家去了。伊梅尔达说我可以在她那儿过周末，但我最好还是现在就回去，下星期去上学前，我还得先适应一下家里的变化。

十月二十五日　星期六

昨晚丽莎的妈妈生了，是早产。我想，婴儿几乎早出生了两个月，长得很小，还得先放在保育箱里。今天早上，丽莎打电话给我时，还处于惊慌之中。她说，婴儿一出生他们就给她洗礼了。我跟她说，我确信孩子肯定会没事的，但她说，她一直以来期望孩子是人马星座的，现在它却成了天蝎座，她觉得还不能很快调整好自己，以适应这个变化。顺便说一下，是个女婴，而且他们将要叫她桑德拉。既然她受洗了，我猜他们应该已经叫她桑德拉了。

电话响的时候，我刚走进门厅。爸爸的车停在车道上，而玛格丽特的车停在路边（妈妈从来没有自己的车），因此，我知道他们在家，我打算硬着头皮跟他们打招呼，但当我刚把钥匙插进门锁时，就听到电话响了，像那些新安装的电话的铃声。电话铃声很紧，催着人去接听，于是我冲

进屋里去接。电话是丽莎打来的，告诉我孩子出生了。她没有问我，这个星期我去了哪里。她当然知道婚礼这事，但我并没有告诉她具体是哪一天。她甚至可能都不知道婚礼已经举行过了。我在电话里没有跟她讲。

我发现爸爸和玛格丽特在后花园里。很显然，他们没有听到电话响。（我一直跟爸爸说，我们应该把旧的电话机重新装回去，因为旧电话机发出的“叮铃”声容易让人听到。而这部新电话机响起来，若人在花园里就听不到。但是，他喜欢新的东西，喜欢有变化，而我却不是那样。）玛格丽特正在摘苹果，从邻居家伸到我家花园来的老苹果树上摘。我不知道你是否可以合法地采摘别人家树上长的苹果，即使那些苹果实际上已经在你的花园里了，但不管怎么说，邻居们从来都不摘苹果，即使长在他们自己那一边也不摘，所以，我觉得最好不要浪费了那些苹果。她拿着一个篮子，是那种老式的购物篮。她一边小心翼翼地把苹果一个一个、一层一层地放进篮子里，一边跟爸爸说话。爸爸正在把她脚边的落叶和被风吹落的烂苹果耙在一起。他们看起来就像是那种生活画里的人物，充满家庭乐趣。她拿着红红的、熟透了的苹果，肚子略微凸出来，他拿着耙子，这场面像是一幅荷兰画家画的农民干农活的画，里面有一种很不真实的成分。

我咳嗽了一下，因为他们显然没有听到我进屋，玛格丽特把篮子放下，伸出双手，向我走来，似乎是要跟我握手，好像是市长夫人或者某个重要人物欢迎来访的达官贵人。当然，我并没有觉得自己在家里有多么受欢迎，所以，我假装没有看见她伸出的手，但我还是设法挤出了一点虚假的笑容，我也接受了她递给我的咖啡和果子面包（把它含在嘴里，咽

下,叹口气)。她的头发比以前看着更糟糕了,贴着头皮,毫无光泽。我觉得她的头发就像那种需要很多很多摩丝才可以做出发型的头发。她看上去不像是那种会偷别人丈夫(好吧,好吧,鳏夫)的人。她看着像是结婚好久了——她当然是结过婚好久了,但要习惯我爸爸是那个跟她结婚很久的人,还得花很长时间。有时,我真的很恨他结这个婚。

我们都尴尬地坐在餐桌边,一声不响地喝着咖啡、吃着面包片。面包很好吃,这是我后来才注意到的。当时,它就像压缩过的粗棉花一样,食之无味。桌上铺了一块新桌布。我们一直都只用一块塑料材质的桌布,这块新的看上去不错,方格子的,像是法国小餐馆用的那种,看着不贵,却很令人愉快。但是,那块旧的塑料桌布也没有什么不好。过了一会儿,我注意到桌布上有模模糊糊的斑点透出来,就像是刺绣的时候,为过渡图案而绣的一些针脚。我这才知道原来的那块桌布仍旧铺在下面,它的花纹隐隐约约地透上来。这让我感到很欣慰。

我告诉他们,丽莎的妈妈生了。我很高兴可以说说这个不需要带任何感情色彩的话题。玛格丽特显得非常感兴趣,我想,这是因为她自己也怀孕的关系。我甚至还告诉她,丽莎如何失望,因为这个婴儿不是她所期望的男孩,而是个女孩。听到这个,他俩笑起来。爸爸笑得特别响,你甚至可能感觉得到,他的笑声里带着些感激。我没有跟他对视,我做不到。

我们吃饭的时候,阿希苓和阿尔娃到了。阿希苓带着她的低音提琴,她在门廊上把它支起来的时候,有那么一刻,我还以为那是棺材。那盒子有她的两倍大。我想知道,她带着它坐公交车的时候,是否需要再多买一张车票。她们的妈妈新煮了一壶咖啡,看到果脯面包,阿尔娃激

动死了——这对一个十四岁的人来说，简直太幼稚了——而她还说，她要最大的那片，因为它看上去像是里面有个戒指。阿希苓说，除非真的是万圣节，否则拿到有戒指的面包片没什么意义，而且还要过一个星期才到万圣节呢。于是，阿尔娃就开始生闷气，不说话了。她妈妈说，没有带戒指的面包片，因为切面包的时候，她把它切坏了，就把它扔进了垃圾箱。太好了，我心想，这是个好兆头，她在这个新家，作为妈妈做的第一件事，就是把结婚戒指扔进了垃圾箱。我知道，那只是一只最廉价的金属戒指，但是，我指的不是这个。

十月二十六日　星期日

阿希苓和阿尔娃(还有她们的低音提琴)因为要共用一间房间而不高兴。在她们自己家，除非有客人来过夜，否则，她俩有各自的房间。现在她们得一起住在一间空出的房间里。我得说，她们有理由不高兴。那间房间比我的卧室小多了，这让我感到有点小小的满足，至少没有人有胆量让我搬出我的卧室。已经空出一间房间给她们住了——我要继续把那间屋子称为空出的房间——那里已经布置了缎带和蕾丝。她俩的床上都吊了蚊帐。我告诉她们，都柏林的这个区很少有蚊子，但她们说，她们还是要挂上蚊帐，因为蚊帐“好看”。我先前猜对了，她俩真的各自有一张一模一样的男孩地带乐队的海报贴在床头。我不明白她们为什么要这么做。但这可能是因为以前她们不在同一间房间里住。

等玛格丽特把她的房子卖掉后，我们就有额外的钱来修缮一下这个

房子了。这个房子不需要修缮，原本这样就已经很好了。这是一所非常好的房子，我希望爸爸不要让玛格丽特重新装修这个房子。我觉得，她要是用有花卉图案的东西把这儿到处装饰起来，我就住不下去了。我的底线是餐厅的墙上可以贴一些匍匐着的报春花，而门厅那儿，可以点缀小枝的豌豆花。主要的修缮计划是扩展一下阁楼，上面添一个房间给这俩女孩用，而那个空出来的房间就作为婴儿房。阿尔娃对这个改建计划很激动，总是坐在那儿看威卢克斯公司①的小册子，这很幼稚。我希望上面再建一间她俩专用的浴室，她们总是在浴室里待很长时间。你几乎得被迫预约使用厕所的时间，更不要说洗个澡。早上要准时去上学的时候，这真让人受不了。

十月二十七日　星期一

我就知道，今天早上这么多人用浴室会成问题。七点半的时候，浴室外面排起了队，这情形就像是在青年旅社里住一样。我不知道，是在外面排队更糟，还是在里面用浴室时知道外面还排着队更糟。以后我要晚上洗澡，这样早上可以摆脱排队等待的困扰，只要上个厕所就好了。我可以在厨房的水池里刷牙。我已经把我的牙刷放那儿了，就放在餐具滤干器边上。

我搭了玛格丽特的车去上学。我还没这么想过，但是，既然她开车，如果我另外坐公车去上学，当然就不合情理了。这是整个事情发生以

---

① 全球最大的屋顶窗供应商。

来，我们俩第一次单独相处，其实是自上次的心理辅导以来的第一次。她给我一块布，要我擦干净车内的后窗玻璃，顺便把后视镜也抹一下，因为今天早晨就像往常十月份的早晨，车内比外面暖和些，车窗容易起雾，这样就看不清路了。然后，我坐到副驾驶的位子上，把那块布折起来，放到车里的小贮藏抽屉里。我坐在车里，透过挡风玻璃看着外面，希望交通灯赶紧变绿，这样我们就没有机会讲话了——玛格丽特是那种开车的时候需要全神贯注的司机——但是，红绿灯变得很慢，因为在这个十字路口，一条小支路跟一条交通繁忙的主干道交汇，红灯当然就得亮很长时间。于是，就像我担心的那样，玛格丽特开始跟我说话。奇怪的是，她讲的是车的事。有时候，在车里聊天，你更容易做到不必去看对方的脸。她用她那种给人做心理辅导时的腔调，声音低沉而关切地说，她知道现在家里的这种情形对我来说很尴尬，而且她也没有想到她会做我的(吸气、吞咽、呼气)妈妈。这句话几乎把我给噎住了，我怎么也想不到她会这么说。我挺想怒斥她一顿。我知道，她尽力想避免说错话，但有时越想说对话就越会说错，说的就是你最不想听到的话。我竭力克制住自己想发怒的冲动，跟她说，如果她不介意的话，我不想谈这件事，事情已经发生了，现在我们所能做的只是不要让它变得更糟。听到这个，她脸红了，没再说什么，但那很可能是因为交通灯转绿色了，她需要专心开车。我们就一直沉默着。到了学校门口，她跟我说除非我有什么课外活动，不然她四点钟在这儿等我。这学年是我的过渡期，也就是说，几乎所有的课都是课外活动，但是我不想提这个，只是谢了谢她，跟她说，我过了五点到这儿等她。我曾想很快找个理由来解释为什么要那么晚，其实是为了避免人们看到我钻进她的车子，但我明白，他们迟早会发现的，所以

费那个劲干吗。

我真是猜对了。领班的修女在集会的时候，宣布了婚事，恭喜埃利斯夫人新婚，她这样称呼玛格丽特。我几乎昏厥过去，我的妈妈才是埃利斯夫人。丽莎用手肘捅了我一下，跟我耳语道："天哪，辛迪，你怎么从来没有告诉我。"

自婚礼那天，我就没有见过她，而之前我太心烦意乱了，根本不想说。听到这个新闻，大厅里像炸开了锅，到处是嘁嘁喳喳的说话声。每个人都说他们猜对了，她是怀孕了，但是，上帝，那个人是辛迪·埃利斯的父亲！有些人开始咯咯地笑起来，我感到整个学校的人都在看我。这糟糕透了。于是，玛格丽特站起来，满脸通红地感谢大家。她说，她希望大家继续称她马吉小姐。我们一直是那样叫她的，尽管我认为她应该被称为夫人。也许，她不希望别人知道她曾经结过婚。我看不出有其他什么女权主义的原因。她那样说，还是让我感觉好些。我是学校里唯一一个姓埃利斯的人，我不喜欢改变这个事实。我很高兴玛格丽特不用我们的姓，也不要任何其他东西。

集会后，每个人都兴奋地挤到我边上来，想知道有关这个婚礼以及其他相关的一切。我非常平静、非常坚定地说，我没有参加婚礼。我想，大多数人都明白了，我是不想谈这事。但是，五年级有个叫艾玛·奥玛拉的女孩，特别喜欢饶舌。她坚持问一些令人不愉快的、淫秽色情的问题——米莉·茉莉·曼蒂吃早饭的时候是什么样的？她做的饭好吃吗？她喜欢看什么电视节目？他们为什么不去度蜜月？她睡在你妈妈的床上吗？听到她最后那个问题，我猛地跳起来打她。我抓住她那蜷曲硬挺的头发，每只手里都抓了一团，疯狂地拉扯起来。她不停地尖叫。丽莎猛

打我的手腕，让我放手。我放手的时候，艾玛瘫倒在地，抓着自己的头哭喊着。肉汁先生正好走过来，想知道到底发生了什么事。每个人都立刻叽里呱啦地说起来，情绪很激动，但是，丽莎抓住他的手肘，把他推到边上，低声地跟他解释事情发生的整个过程。他一听到艾玛·奥玛拉问的那些问题，就知道该怎么处理了。他把其他人都哄走，威胁他们，如果还不走，上课迟到的话就要罚他们课后留校。然后，他把艾玛·奥玛拉从地上拖起来，告诉她不要哭哭啼啼了，马上回到班上去。她呜咽着，两手抱着头，靠着墙摇摇晃晃地走了。

这时，我才突然想到，孩子出生后也得姓埃利斯这个姓。

十一月三日　星期一

丽莎妈妈出院了，但婴儿还是得待在保育箱里。婴儿的状态真的不错，体重增加了，各方面都长了点，而且她也不再需要特别看护了，但她仍然得在医院里住一阵子。这是星期六那天丽莎告诉我的。我们去了邓肯甜甜圈店①，因为我们需要犒劳一下自己，而且我们已经很久没有聊天了。丽莎为她妈妈担忧，她说她妈妈不应该再怀孕了。她觉得，也许是时候该把她爸爸扔出家门了。我尖叫了一声，丽莎！我是说，责怪自己的父母没有错，这很正常，但是跟你妈妈建议，应该把爸爸扔出家门，那是不可理喻的。

---

① 全球著名的咖啡和烘焙食品连锁品牌店。

我惊呆了。但丽莎很固执，她说，他们总是吵架，而且她认为妈妈只是以继续生孩子来阻止他离开家，但那是生孩子的一个很糟糕的借口。（因为怀孕而结婚是个很不好的借口，为了保住婚姻而生孩子也很糟糕——很滑稽，婴儿和婚姻总是那样掺和在一起。）

她说："没有爸爸，我们会过得更好。"听到这话，我简直不相信自己的耳朵。

我跟她说："你的家最完美了，有那么多可爱的孩子们，大家可以一起玩猜字谜游戏。"

丽莎瞪着我，惊讶地问："字谜游戏？我们从来没玩过字谜游戏。"

我问："大富翁呢？推理探案游戏？"

丽莎说，他们从未玩过我说的那些游戏，除了星期六下午，当她爸爸看足球、喝酒喝到傻（丽莎的原话），而她妈妈到大卖场去购物的时候，为了让家里的小小孩保持安静，她就跟他们玩幸福家庭的游戏。我说，为了妈妈可以休息一天，她和她爸爸星期六轮流做家务、照顾孩子，不也是件很开心的事吗？哼！她冷笑了一声。她说，她爸爸才是那个需要被照顾的孩子。去参加学校家长会和做学校足球队教练都只是场面上的虚伪行为。

她的话让我目瞪口呆。我对她家生活状态的所有想象，看来完全错了。他们玩猜字谜游戏的事，一定是我自己编出来的。

"丽莎，你爸爸嗜酒吗？"我试探着问。

"嗜酒，"她哼了一声，"那是好听的说法。他就是一个精神错乱的酒鬼，一个嗜赌成瘾的赌徒，而且有时候还对家人动粗。"他会动粗！我以前都不知道。

"哦，丽莎！"我感叹道，也开始抱怨我不如意的生活，因为我的继母

上午八点钟就要播放尼尔·戴蒙德的歌。

“上午八点钟放尼尔·戴蒙德?”丽莎很愤慨地尖叫起来。

这很有趣,她自己还在忍受那样不幸的事情,怎么还能够同情别人这种微不足道的事。那是令人惊叹的休戚与共的感情,真的。(当然,只是跟她的困扰相比,我的问题显得微不足道了。对我来说,当时那可不是一件小事。更不要说阿希苓和她那可恶的低音提琴。它拉出来的声音,听着像是一只病入膏肓的大象发出来的。)之前,我还觉得丽莎不够朋友,但这次我感觉她成了我的偶像。

丽莎怀疑,孩子早产可能是因为爸爸对妈妈动粗,他不是真的对她拳打脚踢,而是他的那种暴力倾向让她备受折磨。我本来坐在她对面,听到这个,我站起来坐到她边上,抱着她的肩膀,她也抱了我一下。然后,我们就安安静静地吃完我们的甜甜圈。后来,我们沿着格拉夫顿街走了走。但是,我们并没有像往常那样逛商店,只是两人紧挨着走路。我们的肩膀几乎碰到了一起,步调也很一致,但只是像朋友一样一起散步。之后,丽莎得回去了,她要去照顾孩子。

十一月九日　星期日

我不习惯这种事。我想,我不习惯所有的事,包括初中会考以及妈妈一直生病。这一年是我很不想跟人交往的一年。再没有比学校的迪斯科舞会更让人兴奋的了。这个舞会是跟一所男校联合举办的,那是当地唯一得到修女们认可的一所男校。(我不知道她们用的是什么标准,

但我想可能因为那是一所收费学校，所以修女们就同意了，尽管我们学校是不收费的。）参加这个舞会的麻烦就是——除了在老师们的监督下跳舞很可笑之外——她们还把你配对给年纪相仿的男孩，让你们一起跳舞。而我们都清楚十五岁的男孩是什么样的——脸上长粉刺、笨拙、非常不成熟，而且热衷于说黄段子。此外，他们的脚也很臭。我想，可能所有男人的脚都是臭的，但十五岁男孩的脚尤其臭。

他们似乎认为，如果你同意跟他们跳舞，他们就得到了许可证，可以抚摸你。你永远都不可能被那个你想让他抚摸的人抚摸，这好像是生活中不可改变的事实。而且，没有比被你不想让他碰你的人抚摸更糟糕的事情了。但你不能够太小题大做，否则，他们将停止所有的活动，那样所有人就会失去抚摸别人的机会。我猜，根据常规，某个地方的某个人一定能从这种抚摸中得到极大的乐趣。

不管怎样，所有这些都不是我这会儿想说的。这个周末，我要去伊梅尔达家。星期六是阿希苓的十七岁生日，她们要开一个晚会。我真的不想参加。首先，我不认识她的任何朋友。而且，无论如何，我就是不能忍受她想开的那种晚会。所有人都要盛装出席，不是穿戴成化妆舞会上的那种，我指的是大家都要精心地穿上用薄纱和装饰花点缀的舞会礼服。如果你带着一盒列奥尼达斯巧克力和一朵兰花，坐出租车去舒尔本参加舞会，那么穿舞会礼服是合适的——而即使是那样，穿礼服还是有点夸张了——但是在家里（这次是在我家里），我觉得那样打扮恶心极了。我就是不能面对那种场面，所有的女孩都过分精心地打扮，而她们的父母都穿晚礼服。唉！再说，我也没有舞伴。所以，我说晚上我宁愿跟伊梅尔达待在一起。说实话，我想我这样的决定一定会让所有人都松

口气的。我觉得阿希苓会担心我穿着马丁鞋走来走去，一不小心会踩到别人，喝多了还会呕吐，吐到果汁潘趣酒里（大多数时候，他们喝水平衡饮料和橘子汁，会兑上足够的苹果酒，让它有点酒的味道，以此来假装自己已经成年）。我当然不喝那种东西，但幸好他们以为我也那样喝。

傍晚，我和伊梅尔达去听了传统音乐。以前我从来都没去听过，这次听了，感觉还不错。我想，这是一种不一样的生活。我真的喜欢那些音乐，尽管我只能喝一种掺干姜汁麦酒或柠檬汁的啤酒。我不会在酒吧叫酒喝，这对吧台服务员不公平。如果他们拒绝卖给我，也会很丢脸。再说，我也不喜欢喝啤酒。

我们是偶然碰到那两个人的。在酒吧里，他们坐在我们对面，我替伊梅尔达端着吉尼斯黑啤。我觉得他们是被伊梅尔达喝啤酒的样子迷住了。不知怎么的，我们就聊了起来。他们非常友善，我尤其喜欢其中一个。但我觉得他对我不怎么感兴趣，只是跟我聊聊天而已。然而，打烊的时候，我们一起走出酒吧，他俩跟我们稍稍隔开一段距离走。我们四个人边走边天南地北地聊天开玩笑。当他们知道我们是阿姨和侄女的关系时，都乐了。他们中的一个——不是我喜欢的那个——对伊梅尔达非常殷勤，告诉她，我俩看起来像姐妹。我知道，他只是在胡说。但是，平生第一次我才想到我俩长得像。而且，当他这么说的时候，我意识到这是事实。她比我年长一倍——不，几乎是两倍，并且她的头发剪得非常短，这样她就不用担心梳头，甚至洗完头后也不需要很麻烦地梳理。而我是长发，根本没怎么打理。但是，我俩的头发都是深棕色的，皮肤都很白皙，都是黑眼睛。当然，大多数时候我戴眼镜，而伊梅尔达不戴。伊梅尔达长得矮小些，而我个子高，且还在长身体。跟个子矮的人在一起，

通常让我很不自在，感觉如果我碰他们一下，他们就会碎。但是，跟伊梅尔达在一起，我没有这种感觉。

我们到了公交车站，排队等车。等车的队伍已经排得很长。因为我们已经错过了平时的末班车，所以我们只好等午夜的晚班车。我感觉靴子里有块石头。所以，既然我们要等很久，我就坐在人行道上解开鞋带，脱了靴子，把石头抖出来，然后穿回去。

两位小伙子站在边上，陪我们等公车，一边拿我靴子里的石头开玩笑。其中一位小伙子，就是一直在向伊梅尔达献殷勤的那个，邀请我们跟他们去一家俱乐部玩。我很担心伊梅尔达会同意。但是，她只是扬起头，大笑起来，笑着反问他们，是否知道我们多大年纪。他们说他俩都是二十二岁(这很可能是夸张的说法)，而她也许年长一两岁。她摇摇头说，如果他俩已经二十二岁的话，应该更加了解世事一些。她本可以很简单地告诉他们，我只有十五岁，还远远不够去夜总会的年纪(但再过三个月我就十六岁了)。即使我不想去，我也非常希望她不要那样说。但她并没有说什么。伊梅尔达从来都不说那种令人尴尬的话。

接着，车来了。我们看见它从街的那一头开过来。我没有系好鞋带就跳了起来，开始从背包里掏车钱。我备好零钱，然后专心地看这是否是我们要坐的那辆车——我总是要眯起眼睛看东西——我正招手让车停下来的时候，罗比，两个家伙中年轻点、好看点的那个，就是我喜欢的那个，而不是巴结伊梅尔达的那个，把他的手重重地搭在我肩膀上。这让我完全晕了。我从来没有遇到过抢劫，但如果是抢劫，他们通常只是抓住你的包。我认为抢劫的人不会这样长时间地先跟人套近乎。

我的第一反应就是把包紧紧地抱在怀里，用胳膊肘夹住，然后张嘴

呼救。但是,就在我可以这样做之前,罗比吻住了我的嘴。那是热烈而仓促的吻,公交车到站停靠时的吻。因为我的嘴已经张开了,所以我能够感觉到他的呼吸直冲入我的嗓子眼,而他的舌头迅速地扫过我的上齿。然后,他放开我,温柔地推我上车,此时,伊梅尔达已经在车上了。

伊梅尔达挣扎着弄她的包,挡住了车门。我急于去帮她,在上车的台阶上绊了一下。而这时候,她自己已经解了围,并帮我付了车钱。司机一接到钱就马上发动车子关车门,这时,我仍然紧紧地抓住车门中间的横档,站在车门的楼梯处,而我肯定还有一只脚站在人行道上,因为我记得,当我意识到车门要关的时候,我猛地把脚提了上来。但是,我还是不够快,因为我的脚被夹在门缝里,而夹住的就是那只脚,穿着没有系鞋带的靴子。

我朝司机大喊:“开门,我的脚被夹住了。”但是,我一边咯咯地笑,一边挣扎。我想,他觉得我是故意在捣乱,也许他认为我已经喝醉了。起先,他没有管我,只把头伸出窗外,看有没有机会将车驶离车站,回到车流中。我继续踢脚挣扎,继续朝他大喊,开车门。我拉得太猛了,脚从靴子里拔了出来,此刻司机一定意识到我是认真的了,因为就在我往前冲、脚松开靴子的时候,车门开了,靴子掉了下去,闷声砸到路上。这时,司机刚好瞄准一个开回主车道的机会,把车驶离了车站,迅速涌入夜幕下的车流里。而我却跌坐到地上,喘着气,笑成一团。我的那只可爱的新的(好吧,比较新的)马丁靴,在路上躺着。

我不敢再朝司机吼,让他把车停下来,而且我也笑得直喘气,就是再使劲也喊不出来了。“站起来,你这个傻瓜。”伊梅尔达说,用脚尖踢踢我。我挣扎着站了起来,一瘸一拐地走到她边上,一只脚上有鞋,另一只脚光着,就像是那首童谣里唱的“摇啊——摇啊——矮胖子,我的——儿子——约

输”。我们俩瘫倒在座位上后,伊梅尔达才意识到我丢了一只鞋。

她想去跟司机说,让他停下来。但这时车已经开出车站四百多米,已经来不及了。也许司机会停,可他不会在那儿等我把鞋拿回来,而下一班车要等到子夜一点钟才有。因此,我们只能乖乖地坐着,随着车往前冲,不停地摇来晃去。车开得太快了,我们相互挨着,一起摇摇晃晃,偶尔想到刚刚发生的事,又会突然发出一阵笑声。

等我们有点清醒过来后,我举起自己那只穿着袜子的脚,扭动我的脚趾头,这又让我俩大笑起来。我敢肯定,司机一定以为我们已经喝得酩酊大醉。

就在公交车飞奔过一个街角的时候,我们听到喇叭有节奏的嘟嘟声。我扬起脸,贴着车窗看出去,正好看到两个骑在摩托车上的人,在我们的公交车转弯前行驶的那条车道上飞驰而过。摩托车车速很快,几乎是靠着公交车,一擦而过。我不是很肯定他俩是谁。我只看到两个戴着头盔的人影坐在摩托车上,但我想他们应该是罗比和吉尔,而且我认为,我看见坐在摩托车后座上的人,手里拿着的东西在风里晃荡,荡到他身后去了。那个东西笨笨地荡来荡去,一定是用鞋带牵着的靴子。他俩坐在摩托车上大笑着,飕飕地飞驰而过,而这时,公交车正好驶进一条支路。我发誓,随着摩托车飞驰而过,我听到风里传来的一阵笑声。

回到伊梅尔达的住处,我俩就直接上床睡觉了。至少伊梅尔达是到床上去睡觉,而我拖出她的“把你支起来”。这是伊梅尔达称呼她的折叠沙发的玩笑说法——她总是用一种英国中部地区的口音来说——那是一张可以很灵活地收起来的沙发,临时过夜时,我刚好当床睡。羽绒被和其他床上用品收纳在一只简易木头箱子里,放在窗台下。它也可以作

为加宽的简易窗座。

我很高兴，我们没有熬夜聊天，也没有做热巧克力。我开心地钻进被子里，在黑夜里躺着，回味记忆里的初吻——那几乎还没来得及储存到记忆里，尽管事后，我们在车上推推搡搡、咯咯傻笑，我现在似乎仍然还能感受到那被吻的感觉。我躺在黑暗里，脑海里像录像机一样再次回放当时的情景。想到当时我还以为他要打劫，我暗自笑自己。

十一月十日　星期一

早上醒来，我脸上还挂着笑，但我已经不记得那是为什么了。后来，我想起昨晚那一吻。十五岁才有初吻，可能算是很晚的了。但我意识到从严格意义上说，这不能算是初吻。那个尴尬的初吻发生在我十三岁的时候，是我表姐为我撮合的。表姐那时十五岁，正跟一个男孩交往。她当然不会跟家里人说，因为他们是不会让她跟男孩子约会的。（她现在已经十六岁了，但他们还是不让。）因此，为了跟男朋友见面，她不得不假装是跟我一起去看电影。我很高兴。当时我们正在她家度假，很无聊，所以晚上出去看场电影对我来说是一件非常开心的事。可是，我们一走出大门，她就宣布她其实是要去见爱德华，他们要到树林里去。我耸耸肩说，我还是要去看电影。她却说，那没有必要，她已经安排我跟艾伦见面。我又惊讶又激动。艾伦长得很英俊、很性感，而且我已经远远地爱慕他有一段时间了，但我不知道玛丽安是怎么知道的。我说，好吧，便充满期待地跟着她，朝靠近树林入口的约会地点走去。那其实不是一个真

正的树林，而只是一个小小的林木场，也许方圆十八平方米多一点。总之，长话短说，结果对方根本不是艾伦。那是一位也叫艾伦的人，但不是我爱慕的那个艾伦。他年长一些，有十七岁了。对十三岁的人来说，他就是成年人。而且他穿灰色的裤子，真的是裤子，不是牛仔裤，还带了领带。我非常害怕他。当他试着吻我的时候，在他怀里，我感觉自己整个身子都是僵硬的。我记得，自始至终我的手臂都笔直地放在身边，我还把自己的嘴唇卷起来咬住，这样你看到的，不是我的嘴巴，而只是脸下部的一条裂缝。即使是这样，他还试图吻我。那种可怕的、马马虎虎的、湿湿的、温热的吻，就像是狗舔一样。

那次经历中最糟糕的部分就是我感到的那种尴尬。我不能跟他解释，看到他我为什么那么吃惊；我不能跟他说，我期望见的是一位更年轻、更英俊的艾伦。那次经历非常糟糕，真的、真的非常糟糕。而且我敢肯定，他一定认为我是性冷淡。我不知道性冷淡到底是什么意思（现在也还不知道），但我从杂志上知道，性冷淡不是我那样子的。

从严格意义上讲，那是我的初吻，但我认为它不算。学校迪斯科舞会上被人强吻的那次，我也认为不算。可是，这次罗比的吻，我当它是我的初吻，因为，尽管这次也是强吻，而且完全出乎意料，但它却让我感到非常非常的开心、甜蜜。

十一月十二日　星期三

我想知道是否还有机会再见到罗比，但我觉得见不到可能会更浪

漫。就像这样，整件事情就已经有种完美的意味，就像晚上驶过的船只，一个转瞬即逝的吻，片刻的亲密，然后再也不见面。我真是疯了！

可能我想要的并不是浪漫。我想这是真的，我不想要浪漫。我想要的是一场爱情，这很不同。有一个有血有肉的男朋友，可能抵得上许多次公交车站的短暂一吻。而且他很可爱。好吧，我想公交车站的短暂一吻比任何事都好。或者，也许它不好，也许它比任何事都糟糕。它留给我的是一种悬而未决的感觉，让我一直想着他。有时我以为街上见到的某个人是他，而等那人转过身来，却是别人。老实说，我不是很真切地记得他的脸，但如果我再看见他，我照样能够认出他。他的眼睛眼尾上翘。

十一月十七日　星期一

昨天，丽莎的小妹妹接受了命名洗礼。反正，很久以前，她一出生就受洗了。所以，昨天他们只是在家里举行了一个小型仪式，只有家人和朋友参加，以弥补当时没有办一个正统洗礼仪式的遗憾。因此，我们都被邀请了，我、爸爸、玛格丽特、阿希苓和阿尔娃。

我们还从来没有像一家人一样到什么地方去过。所有人都挤进一部车里，让人感觉怪怪的。玛格丽特坐在爸爸身边的副驾驶座上，当然是爸爸开车，因为一家人里总归是爸爸开车，而且玛格丽特开车总是很紧张。阿希苓、阿尔娃和我坐在后座。阿希苓和我各自占据了靠车门的位置，让阿尔娃坐在中间隆起来的地方，因为她最年轻、长得也最小，主要还是因为她最年轻。我们三人坐后面很挤，但只有阿尔娃在抱怨。阿

希苓和我都很成熟，不会那样说出来，我们在阿尔娃的头顶对彼此做了个受苦的鬼脸。以前，我从未跟阿希苓交换过任何有意义的眼神。阿希苓并不难相处，真正让人头痛的是阿尔娃。

上个星期，阿希苓给我留了些她生日晚会的蛋糕。那是冰激凌蛋糕，星期天晚上我回家的时候，她拿出来给我吃。那天真的很有趣，我穿了一双伊梅尔达的拖鞋回到家，那是她所有的鞋子里，我唯一能够穿下的（她的脚比我的小）。幸运的是，那天天晴，因为那双拖鞋的鞋底是硬纸板做的，雨天的话，可能会破掉。我找不到我的钥匙，所以我站在门廊上，拍打我的口袋。这时，阿希苓透过门上的玻璃看到了我的身影，就帮我开了门，让我进去。当她看到我脚上穿着的傻傻的拖鞋时，倒退到了门厅里——那双拖鞋是某个品味很差的人有一年圣诞节送给伊梅尔达的。那是所谓的新奇款式，做成达尔马提亚狗头的形状。我把另一只马丁靴带回了家，因为我不忍心将它扔到垃圾桶里，但我的小包里又没有地方可以放，所以我就把它夹在胳膊下。我看上去一定很古怪，因为阿希苓开始笑起来，可她很有礼貌，没有大声笑出来（如果是我的话，肯定就大笑起来了）。看到她脸上的微笑，我开始意识到整件事情很滑稽。接着，我居然跟她讲了发生的一切，包括两个家伙陪我们走到车站，但我没有提接吻的事，我觉得那是私事。我甚至不确定伊梅尔达是否知道这件事。她当时要么就是手忙脚乱地掏零钱付车费而没有注意到，要么就是考虑得很周全，因为她一个字都没提。我想，她真的是没有看到。希望如此，因为尽管我很喜欢伊梅尔达，我也情愿这个世界上我和罗比是唯一知道这个吻的两个人。不管怎么说，只有我俩知道那个吻是什么感觉。

到丽莎家的时候,我们都感觉在车上被挤得很难受。我穿回自己上学穿的棕色鞋子(我还没有勇气告诉爸爸,我丢了一只鞋),下面配了阿希苓的苏格兰方格呢短裙。因为直到第二天,我才发现我的牛仔裤也在那次事故中被扯破了,而昨天的天气还是很冷,我不能穿自己在里斯本买的裙子,我其他的衣服也只有校服或妈妈的运动服,它们都不适合在那个场合穿,所以我只好向阿希苓借裙子。我得再买些衣服,但我不喜欢把钱花在衣服上,因为我正在长身体,所以现在买衣服不是一项好的投资。我有节俭的习惯,我想那是从爸爸那儿继承来的。这条苏格兰方格呢短裙穿在我身上显得过分文雅,尽管它是条短裙,但走路的时候,它还是有点小小的摆动,我想那是因为裙褶的缘故。我不介意圣诞节的时候买条裙子。

洗礼仪式很不错。伊根神父在场,他为婴儿祈神赐福(婴儿现在已经在家了,长得非常小,但是身体还不错)。尽管神父不能重新为她施洗礼,但他正式命名她为桑德拉。仪式上有香槟,有小份的鹅肝酱放在潮乎乎的里兹饼干上,还有块状切达干酪、蜜渍樱桃、葡萄和橄榄串在取食签上。我不知道人们为什么把这些食物串在一起。蜜渍樱桃和干酪搭配在一块儿吃令人恶心。后来,我们还吃了洗礼蛋糕、喝了咖啡。阿尔娃想喝香槟,但她妈妈不允许,她就号啕大哭起来,可我总是可以喝香槟,我爱喝香槟!当然,我这样说完全是夸张,这只是说明孩子很容易得寸进尺。

丽莎的妈妈非常以桑德拉为傲,她抱着包裹在粉红色毯子里的桑德拉走来走去,跟所有的客人聊天。我觉得粉红色令人讨厌,特别是用它间接地来标识婴儿性别的时候。这可怜的小家伙红彤彤的,皮肤仍然皱

皱的，那使她看起来像是一只晒焦了的西红柿，因此，总的看起来，他们给她穿上的令人讨厌的粉红色并不是很适合她，但即使是这样，你也禁不住羡慕她那极小极小的小手指。它们在你的手指上卷起来，像挥手又像扭动，每一根手指头都很独特，像是活的，我的意思是，每根手指都像是有自己的生命。她有很多头发，乌黑乌黑的，但她的头发又都被乳痂粘到一块(丽莎把乳痂叫做婴儿屎，这个说法有点粗鄙)，而且她手掌上真的有很深的皱褶。她哭的时候，地动山摇的，像是烟雾警报器响了。你都不能相信这么小的一个人可以发出这么大的噪音——仔细想想，烟雾警报器叫得也没有那样响——她真的是用尽了全身的力气。她哭的时候，裹在毯子里的身子一起一伏，扭来扭去，看起来就像一个试图挣脱出去的囚徒。可笑的是，当这个烟雾警报器响起来之后，你唯一想做的事就是让这个可怕、刺耳的尖叫声停下来。但是，你想让它停下来，不仅仅是因为它刺激你的耳膜，而是它让你相信，这个小婴儿真的处于某种严峻的困境中，迫切需要大人的关注。

有一次门铃响的时候，桑德拉的妈妈放心地把她交到我手上，因为我是挨得最近的人，手上也没有拿着酒。我觉得她是不想把孩子抱到门廊那里，因为门廊的过道风太大，而她太小。他们得格外小心地照看她。她长得太轻了，像一只穿着睡衣的小猫咪。她开始在我怀里呜呜地哭起来——不是那种烟雾警报器般的哭，只是略微有点不开心的哭。玛格丽特急忙朝我这边冲过来，急切地想把桑德拉从我手里抱过去，脸上傻傻地笑着。我想她一定是处于感情脆弱期。不过，她并没有从我手上接过桑德拉，而是教我怎么把她举起来，搭在我肩膀上，抱着她走来走去，手在她背上有节奏地拍拍。这真的很体贴。我猜，这让她提前想到了她自

己的孩子。这个办法真奏效。桑德拉不哭了，而是发出一种你听到过的最柔和的声音，轻得像小猫叫。她可能真的是那种小猫咪。

我本来想留意一下，有什么迹象显示丽莎父母的婚姻出了问题，但由于照看婴儿和其他的事一忙，我把这事全忘了。况且我也不确定我期望看到怎样的迹象。从整个仪式过程来看，他们表现得幸福和睦，而且我也不觉得后花园有成堆的酒瓶或其他类似的东西。有时候，我猜丽莎只是编出这些事来以引起注意，后来我为自己有这样的想法感到很惭愧。没有人真的知道，其他人家里过得怎样。尽管我家里发生的事全都是公开的——有点太受众人瞩目了，全校的人都知道你的父亲让学校里的一位老师怀了孕、不得不结婚，这不是一件有趣的事，更不要说这所有的一切都是在你的妈妈去世后不久发生的——但是，我估计这些事也只是轰动一时，很快就会被遗忘的。而且现在，我也听不到太多人谈论了，尽管在我背后，他们还可能在议论。那次老肉汁脸先生数落了艾玛·奥玛拉一顿，我想那是对我莫大的帮助。至少，从此以后，她再也没有来找我的麻烦。我真是运气好！

十一月二十日　星期四

今天我放学回家的时候，冰箱上贴了一条给我的神秘留言。玛格丽特是那种非常讲究整洁的人，她有一套整理家务的模式。有一个整洁的家很好，但她的那套模式让我抓狂。我有时候想蓄意破坏她的那套规矩，但后来看到她怀着孕，拖着笨重的身子忙来忙去，又让我深感同情。

对她来说，这时候承受怀孕的压力，年纪有点大了。我觉得此时给她制造麻烦对她不公平。我可以非常宽容和替别人着想，尽管大多数人似乎并不珍惜这一点。

总之，电话留言是她的家务整理模式中的一部分。她在门厅的电话机边上放了一小本即时贴，我想，她在他们卧室的电话机边也放了一本。当有人打电话来找人，而那个人不在时，谁接的电话，谁就要把留言写在即时贴上，并把它粘贴到冰箱上。她还在冰箱上贴了些小磁铁。因为即时贴带自粘胶水，那些小磁铁不是用来固定电话留言的，而是用来在电冰箱门上分出各个不同的区域。每块磁铁做成字母的形状，而名字的首字母用来表示电冰箱门上的哪块区域分别属于谁。所有给你的留言就贴在你名字的首字母下方。你得想象一下，电冰箱门上被竖着隔成了各个栏，每一栏上面贴个字母，当然是按照字母表排序的(或许玛格丽特可以胜任给墓地当顾问这个工作，建议他们把墓穴按照字母表排列)。阿希苓和阿尔娃的名字首字母是一样的，但用不同的颜色来区别。对我来说，唯一的困难就是，我永远记不住哪个颜色是谁的，所以，如果我要给她们中的一个留言，我就把即时贴粘在两个栏目中间。我想，这让玛格丽特很不高兴，可她努力克制自己，压住自己的怒火。我倒希望她发火，大吵一架可以很好地缓和一下家里的气氛。家里的每个人都过分地相互客气，这让人神经很紧张。甚至爸爸也尽量表现得最好。我觉得家里不应该这样下去了，这是一个家庭，我们是一家人，但现在给人的感觉是，每个人都把其他人当做永远的客人。这种情况下，也不知道谁是主人，谁是客人，但那是因为我们都还处于不同的心理状态，或者也许都处于相同的心理状态。这很微妙。

不管怎么说，那儿有给我的留言，贴在字母C的那块磁铁下面。我不知道是谁替我记的留言。我还不怎么认得她们的字迹，留言只是说马丁医生给我打了电话，并留了个电话号码。我们的家庭医生叫麦伦，我猜是不是有人听错了名字。自妈妈生病之后，我们跟医生关系非常好，我想不出她为什么要打电话过来。而且，如果她确实需要打电话给我，她也不会留言说马丁医生打过电话，她会说努拉打来过。再说，我在电话簿上查过，这不是她的电话号码。

我决定要好好想想，这是怎么回事，否则不给那个留电话号码的人打电话。我想这可能是哪个博士打的，而不是医生——我们学校里有一两个博士①，但他们中没有人叫马丁。我猜马丁可能是哪个人的教名。

十一月二十一日　星期五

冰箱上又贴了一条留言。这次是说，马丁医生设法联系我，跟我谈有关预约“足医”的事（我猜记留言的人把单词拼错了，把“儿科”的单词拼写成了“足医”。这个人怎么连拼写都不会）。我对这事开始感到不安起来。儿科是跟婴儿和儿童有关的。难道有人试图自作聪明？或者是弄混了？也许留言真的是给玛格丽特的，跟她怀的孩子有关。或许我应该打一下这个电话，问问到底是怎么回事。可能是发生了什么不愉快的事。我想，我要试着拨一下那个电话号码，但我打电话的时候，要叫丽莎

① 英语里的“博士”和“医生”都被称为doctor。

在我身边，以防那电话号码是哪个变态留的。

十一月二十二日　星期六

今天我拿着写有电话号码的即时贴到丽莎家去。她非常机灵，总是根据电话号码就能知道这是市里哪个区的。这方面我一点也不在行。

我发现丽莎正在喂孩子。她妈妈因为需要照顾其他孩子，没办法用母乳喂养，如果都用母乳喂养，她得频繁地到医院去报到。一开始，婴儿需要每两个小时就喂一次。所以，尽管桑德拉还很小，就开始用奶瓶喝奶粉了。

我把这事说给丽莎听。我说，有个医生给我打电话，她听了跟我一样困惑。说实话，我开始担心了。也许这根本就是个骗局。也许是那家诊所打电话来告诉我，我的身体哪里有了毛病。有一次我得流感，病得很严重的时候，在那家诊所验过血。他们想确认，我的流感是不是某种神秘的病毒引起的。我不记得我拿到过检验结果，可那是六个月以前的事了。也许是他们丢了血样，现在才找到。

不过，看了第二条留言后，丽莎说："那不是指儿科，你这个傻瓜，那确实是指足医。"我说："我知道，那一定是拼写错误。"但是，显然是我错了。我的英语理应是很好的，但我却不知道有个医学分支是足医科。显然这是一个高级词汇，用来指手足病治疗。但知道这一点也帮不了什么忙。我没有鸡眼或脚趾囊肿或长进肉内的脚趾甲等问题，而且我认为，这些病无论如何不会在验血报告中显示出来。也许是触染性脚底疣吧。

“那医生叫什么名字来着?”丽莎问,一边轻轻地拍婴儿的后背,让她打嗝。“马丁,”我说,“马丁医生。”只有当我大声地把这个名字念出来时,我才突然明白这个名字的意思。同时,丽莎也突然想明白,它指的是什么了。马丁博士。马丁牌靴子! 一定是那个知道我丢了靴子的人打来的电话。我的上帝,我想,一定是罗比。我开始哆嗦。我的心跳开始加速,心脏好像要从胸口跳出来一样。我说不出话来,因为我的舌头上好像立即长出了一层覆盖膜,就像你买得到的那种盖在热水瓶子上的覆盖膜,厚厚的、毛茸茸的、干干的。

不知道为什么,我立即确定那是罗比打来的电话。事实上,也可能是伊梅尔达打来的电话,她可能是要跟我开个玩笑。我从丽莎手上夺过那张黄色的即时贴,又仔细地看了看那个电话号码。不,那不是伊梅尔达的电话号码,而且我很肯定,那也不是她办公室的电话号码。我不能立刻说出她办公室的电话号码,但我看到号码可以认出号码对不对。可能是那个公交车司机。不,不可能是公交车司机。他不知道我的名字,他甚至都不知道我丢了鞋子。可能是罗比的朋友,他叫什么名字来着?格里,杰拉德,这一类的名字。我想,就叫杰,是的,杰。但是,究竟怎么会是罗比呢? 他并不比公交车司机更清楚我的名字。不,不,他知道我的名字。但那也帮不了什么忙,他不可能从电话簿上用我的名找到我的电话号码。

现在把这些想法在日记里写出来,好像我想了很久似的,但当时我在脑子里这么想了一遍,只花了几秒钟,即使我的心狂跳,快要蹦出胸膛了,而我的手指也哆嗦着。我站在那儿,目瞪口呆地看着那个电话号码,我的意识变得模糊起来,隐约听到丽莎正说着什么,就像是听到有人从

很远的地方，站在某个大大的、柔软的、像座棉花山一样的东西后面说话。“什么？”我问，“你说什么？什么？”

“我说，”丽莎一边把婴儿放回到小床上，一边用耐心得夸张的口吻复述她的话。小孩已经睡着了，看着非常讨人喜欢。她小小的眼睑是浅色的，边缘呈蓝色。她的小脸蛋皱皱的，睡得很放松。孩子长得挺好的。丽莎说道，“我说电话号码的第一个数字是多少？”

“4，”我说，“是以4开头的。”

“4后面呢？”她问道。

“49，”我说，“492。”

“那是本区的号码。”她若有所思地自语道。

哎呀，我早该想到的。我是说，我们的电话号码也是以这个数字开头的，丽莎家的号码也是这样开头的，但我却没有早点想到。

我意识到，丽莎并不认识罗比。她只听说我的一只马丁靴被公交车的门夹住了。我们全班同学都听说了这个故事，大家一起好好地笑了一番。那两天我成了小名人，班上的小丑，就是我，如果我代数不是那么差的话，我会在五年级的同学们中间很有号召力，或者，我可以用我的周末冒险经历娱乐大众。我一大声说出马丁博士，丽莎很快就把这两件事情联系起来了，但她不认识罗比。所以我告诉了她罗比的事。“哦，上帝，”她说，“他吻你了。而以前你甚至从来都没有遇见过他。哦，上帝！”

毫无疑问，我并没有把故事完整地告诉她，只是跟她说了部分事实。她觉得接下来要发生的就是强奸，尽管事实上完全不是那么回事。我没有让她理解那个吻具体是什么感觉。那是一个很温柔的吻，一个甜蜜的吻，一个充满深情的吻，一个激动人心的吻，不是丑陋、肮脏、粗鲁的。一

个吻可以是出乎意料的，但又不是侵犯性的。让她明白这一点颇费了些时间，但当她一明白过来，就开始变得很感兴趣。

“怎么样呢？你得给他回个电话，”她说，“他毕竟给你打过两次电话了。他一定热切地想跟你联系上。”我的心，刚刚有点平静下来，现在又开始狂跳，这次甚至跳得更快。我想，哦，上帝，如果这就是爱，我宁愿不要，那给人的精神压力太大了。突然，我想到爸爸，想到他跟玛格丽特刚开始交往的时候，来来往往的通话。我很想知道，当时他们的心跳是否也像我现在这样跳得很快。刹那间，我对他们涌起了一股亲切之情，互相打电话，偷偷地、提心吊胆地、心神不宁地通话，至少开头那几次有这种感觉。

“得啦，”丽莎坚定地说，“让我们给足医打电话吧。问问他，是否只处理左脚的鞋。”

于是我就打了。电话通了之后，接电话的是一个女人。一听到她的声音，我立刻就把电话挂了。

“你镇定点，”丽莎说。“那可能是他妈妈。”

“他妈妈？”

“是啊，他可能有个妈妈的。大多数人都有妈妈。哎呀，对不起，辛迪。”

她那样说的时候用手指捏了一下我的胳膊。我不介意，我知道她不是故意要让我痛苦。但是，我还是感到眼泪涌了上来。我忍住眼泪，同时想想巧克力蛋糕。这是我学会的一个小技巧，用来克制自己的情绪。

我又拨通了电话。还是那个女人接的，她的声音很严厉，可能担心又听到摔电话的声音。“我……我……对不起，前面我的电话好像被掐

断了，”我开口说道，“是这样的，我不知道我是不是拨对了电话号码，我想找……”

但接下来，我彻底没话了。我不能跟他妈妈说我要找马丁博士。她会跟我说拨错了，然后就挂上电话。我的舌头又像是长了一层盖热水瓶子用的覆盖膜一样，说不出话来，而且，接下来我也不知道该怎么说下去。丽莎从我手上夺过电话，接着说道：“……找一个朋友。”丽莎继续说，“他叫罗比。我恐怕不知道他别的名字，但是，他给了我这个电话号码。”

然后她不说话了，话筒里安静了几秒钟。我忍不住问丽莎：“怎么了？”她突然猛地把话筒塞给我，塞到我耳朵那儿。“是他，”她小声说，“是罗比。”

我把想象中困住自己的那层覆盖膜吞了下去，说：“你好？”

“你好？”他回答道。

我立刻就听出那是他的声音。

“罗比，是你，”我说，“我还担心是马丁博士呢。”

他笑了，而我也咧嘴笑了，嘴咧得太大，以至于我的脸都痛了。丽莎踮着脚尖走了，她脸上也挂着开心的笑。她不必这样，我跟罗比没有多说什么，但我们约定，大概明天他会送靴子过来。

十一月二十三日　星期日

我觉得今天是我生命中最开心的一天了。至少，下午这半天很开

心。上午等罗比来的时候，我非常苦恼不安。我不知道自己是否希望他来。有一半时间，我担心他不来了，而另一半时间又担心他会来。

我们约的是下午三点钟。我连午饭都吃不下，爸爸很担心我。他给我泡了茶，掖好毯子让我躺在沙发上。我从他手上接过茶的时候，我的手指冰得都僵硬了，而且我的脚像被绑住一样几乎动不了。爸爸判断我得了流感，为我把壁炉点了起来。我不能告诉他真相。神经紧张总是让我感觉很冷。何况，我觉得他喜欢我生病。这样他就有机会像个爸爸一样照顾我。有时候我想，他发现自己很难像慈父般爱我，而且我知道，他感觉非常内疚。我并不想让他知道我了解他的感受，他活该感觉内疚。

三点了，过了三点了，罗比没有到。我认为他把地址弄丢了。三点零五分了，他改变主意不来了吧。三点十分了，他遇见了别人。阿希苓在练琴。我可以听到大象的呻吟声从她的卧室里传出来。

三点二十五分的时候，门铃响了，大象不呻吟了。“我来开门。”阿希苓喊了一声，我觉得她很高兴有机会休息一下。我不明白她怎么能忍受那种琴的嘈杂声，那就像是电视里放的那些丛林兽医节目中动物们发出的吵闹声。我自语道，一定是送奶工来了。结果不是送奶工——不可能是送奶工，今天是星期天——是住隔壁的太太，她想借梯子用用。阿希苓把梯子给了她，我听到她拖梯子绕着房子走的声音。我打赌，隔壁的太太只是以此为借口，来看看我们这个新组成的家庭。她真的是个可恶的老巫婆。我确信她看到阿希苓后，肯定很失望，因为阿希苓穿得那么体面，举止那么有教养，就像是医生的接待员。接着，阿希苓从前门回屋了。然后，厨房门砰的一声关上了。不一会儿，大象又开始呻吟起来。三点二十五的时候，我想我听到了敲门声，接着门铃又响了。我打赌隔

壁的老妇人不知道如何将梯子伸展开来，这次她希望玛格丽特来开门。

但这次不是那个老妇人，而是罗比。阿尔娃去开的门，我在大厅里就能听到那傻丫头的声音。她大声叫道："辛迪，有人找你。"接着我听到她上楼梯时重重的脚步声。我不知道她为什么那样跑走了，通常她会留下来看看到底怎么回事。

前门还开着。我的上帝，她就这样让他站在门前的台阶上。我迅速把毯子掀了，挣扎着站起来。我不知道，为什么我会挣扎，我想我是被困在病人这个角色里了。我走到门厅那里的时候，听到有声音从厨房里传出来，有人在轻轻地唱歌，还有碗碟的磕碰声。

"罗比。"我叫道。尽管我其实看不见门口站着的人，只看到冬日阳光下的人影。喊了他的名字后，足足有一秒钟，我才意识到我其实根本就没有喊出声来。我的嘴唇和舌头做出了正确的形状，可我的声带像睡着了一样，发不出声音来。我咳嗽了一下，像是要把声带叫醒，清清嗓子，然后我说："请进。"

他走进门厅的时候，我就确定是他了。我还是不能看清楚他的脸，但凭他站在我身边的样子，他的块头，他站着的姿势，他把头低下来，最后，他再次吻我的方式，我就知道他是罗比。他的吻轻轻的、急切的、柔柔的，但却是深深的一吻。就在那儿，我自己家的门厅里，我的异父异母姐妹就在楼上，我的继母就在厨房里唱《甜美的卡罗琳》，而洗碗水汩汩地流下排水道，他再次吻了我。这次，我没有惊讶；这次，我回吻了他。

"对不起，我来得太迟了，"他说。"我找不到你家。"

我这才知道，他是从伊梅尔达那儿拿到我的电话号码的。那天，他和杰隔着一段距离，一直跟在公交车后面，想看看我们到底在哪儿下车，

然后把我的靴子还给我，跟我们道晚安。但公交车突然间改道，开到支路上去了，而他们都没有时间打信号灯换道，所以杰就只好嘟了一下喇叭，继续往前开。等他们设法掉头，回到我们的公交车拐进的那条支路，公交车却早已经不见了。他们在附近又转悠了一会儿，希望再看到我们坐的那辆公交车，但他们没有找到，那晚他们只能放弃了。罗比说，他无法停止想我（好吧，当然）。他还说，那是一只非常棒的靴子，扔了它会很可惜。所以，就像他说的，他开始调查，想找到我。他找出那辆公交车的路线，然后他沿着那条路走了几次，希望可以碰巧看到我。后来有一天，他看到伊梅尔达下班回家，于是他就跟她打招呼，告诉她，他有我的靴子，想还给我。

伊梅尔达提出，他可以把靴子给她，她会交给我的（太可恶了），所以他只好承认，还靴子其实只是一个借口，他真的是想再见见我。于是，在放心地把电话号码给他之前，伊梅尔达仔仔细细地面试了他——就这样，弄清楚了他才十八岁，而不是杰宣称的二十二岁——但最后她还是把电话号码给了他。也就是说，她确定他没有问题，而且她还同意不告诉我这件事。他想给我一个惊喜。他当然不是在门厅里告诉我整个故事的，我是后来才知道这些的。但他确实说，他把靴子带来了。

“好吧，那么，靴子在哪儿呢？”我问。

“什么东西在哪里？”

“马丁博士。那靴子。就是你这次来要送还给我的东西啊。”

“哦，靴子啊，”他说，看上去挺不好意思的。“阿尔娃拿走了，我跟她解释说我为什么来这儿，于是她从我手上夺过靴子，拿着它跑上楼去给阿……她姐姐看。”

我不知道阿尔娃要我的靴子干什么？可能她只是开个什么玩笑，一个无趣的玩笑。而且罗比是怎么知道她的名字的呢？

“你一定向阿尔娃做自我介绍了。”我说。

“什么？哦，是的，是的，我确实自我介绍了。我不知道她住这儿。”

我感到奇怪，他为什么那样说？这句解释有点怪。也许他是想说，他不知道我有姐妹。

“她不是我的亲妹妹。”我匆匆解释道。

“不，当然不是。”他说，好像他完全知道我家的事似的，他当然不可能知道。而且阿尔娃也不可能在门口站着的半分钟之内，就把一切都解释给他听了。

罗比坐到五点钟才走。爸爸从厨房端过来一些茶，我把罗比介绍给他。我跟他说，罗比是我在伊梅尔达那里认识的朋友，这当然只是半真半假的话。其他人接着也都过来喝茶了，阿尔娃拎着鞋带把我的靴子晃来晃去。

“我想这是你的靴子，辛迪。”她说。一只手放在臀部，仍旧挑逗地把靴子晃来晃去。

“把它给我！”我叫起来，设法去拿它，假装跟她逗着玩，但事实上，我对她的这种举动有点恼火。她这么把靴子玩来玩去，只是为了吸引大家的注意。

“我试了试这只靴子，”阿尔娃继续说，“阿希苓也试了。但都不合脚。我们的脚小巧，这鞋对我们的脚来说太大了，阿希苓，你说是吧？”

“把靴子给她，阿尔娃。”阿希苓说。她的脸很红，我不知道她为什么会脸红。

于是，阿尔娃收敛多了，把靴子扔给我。她很用力地扔过来。我想，她希望打到我，但我把它接住了，所以它根本就没有伤到我。

我从牙缝里挤出一声谢谢，巴不得她们此刻都走开，就留我跟罗比在一起。但玛格丽特开始跟他聊起天来，而阿尔娃一直在他身边转悠，只要有可能就插嘴。我想，她并不是以此来惹我生气，而只是试图吸引罗比的关注。

然后，我们都喝了茶。爸爸倒的茶。就像有关如何与青春期儿女相处的书上描写的情景一样，家长在家里热情地招待孩子的朋友们，但又不让人感觉太自负或大惊小怪什么的。我觉得爸爸表现得恰到好处，而罗比的确对每个人都很有礼貌，但我注意到我们介绍阿希苓的时候，他的脸刷的一下变得很红，并且整个下午都避免跟她对视。其余的时候他表现得非常好，我都要吻他了（好吧，我确实吻了，味道不错）。他跟阿尔娃谈她喜欢的一些歌手（毫无疑问就是跟尼尔・戴蒙同样出名的二十世纪九十年代的歌手）。他告诉她，他认识某个人，那个人正在筹办下个月在尖端音乐厅举行的演唱会，他可以给她弄一张票。阿尔娃显得非常激动，我觉得她不是因为那音乐会票子而激动，她其实是被罗比迷住了。

而跟爸爸呢，罗比谈起了摩托车，我以前都不知道爸爸对摩托车感兴趣。他跟玛格丽特谈论如何做苹果冻，我不知道他们怎么会谈到这个话题的。可结果发现，罗比的爸爸非常热衷于园艺，而罗比和他妈妈为吃不完他种出来的所有水果和蔬菜感到束手无策。罗比很熟悉怎样把豆子用沸水烫一下再冷藏，哪里可以买到合适的保鲜用的大玻璃瓶。我甚至从来都没有听说过保鲜用的大玻璃瓶。

这些聊天内容听起来真的很无趣，但它们并不无聊，它们是一些很

好、很正常的话题。我已经有很长时间没有感觉这么正常过了，甚至都不为自己的新家庭组合感到尴尬。如果玛格丽特没有因为怀孕而走路这么蹒跚，我会更喜欢这次聊天。当然，我的新家还存在各种各样的问题，特别是妈妈再不能参加我们的聊天了。但是，当你开始想这些的时候，你会觉得这个家就像大多数人的家一样，很好——至少，从各方面来说都比愉快平静的丽莎家要好。我没有把这些想法说给他听，我会说的，但现在还不是时候。

阿希苓非常安静，我怀疑她是否生病了。她只是低着头，坐在那儿，眼睛盯着地毯看。她甚至也没喝茶。但阿尔娃却不停地瞪着罗比，不停地递给他白脱曲奇饼干。后来她说，罗比真优秀，她希望自己也有一个像罗比一样的男朋友。（我一开始就知道她喜欢他。）

我说："他不是我男朋友。"

"好吧，那他是谁？"她问道。

"他是……"我开始解释道，"噢，那么是的，我想从某种程度上说，他是我的男朋友。"当我那样说的时候，我甚至脸都没有红一下。我的话有几分是真的，因为他走的时候问我，他是否可以再见到我，我说我会给他打电话的。在我习惯男女朋友这个关系之前，我宁愿我们的交往先到此为止。以前我从来都没有一个真正合适的约会对象，因此，我想先仔细考虑一下再说。

十一月二十五日　星期二

丽莎非常想见到罗比，而且我必须严格按照她的要求，把罗比带到

她家附近。因为这段时间她得帮忙照看小孩，不能频繁地出门。我真的应该多去看看她。我是说，虽然在学校里我总是跟她见面，但放学后，她一定感觉很孤单。再说，无论如何我需要练习如何照看新生儿。再过三个多月，我们家也要添一个婴儿了。

十一月二十七日　星期四

最终还是发生了，我们到底还是吵了一架。那根本就行不通。我原想吵架可以缓和一下家里的紧张气氛，但我认为这次吵架反而让情况更糟了。

先是我跟阿尔娃吵。她借了我的马丁靴，那双让我和罗比在一起的著名的马丁博士靴子——客观地说，我们是因一只靴子在一起的。这不怎么浪漫，但从有趣的角度看，这又是非常浪漫的。阿尔娃没有事先问我，就擅自穿了我的靴子。她就那样径自穿走了。这并不是说，如果她问我，我就会让她穿那双鞋。我是说，有些东西你是不会借给别人的。我不介意把我的一件羊毛衫，甚至是一根束发带借给她，但我不会让其他任何人穿我的鞋子。

我想，从另一个方面来说，这有点感人。因为她确实想借我的鞋子穿，这是一种表示敬慕的举动。她一切都模仿阿希苓，穿跟她一样的衣服，读同样的书。我觉得，甚至挂同样的男孩地带乐队海报都说明她深受姐姐的影响。我过去以为，那是玛格丽特的错，她让两个女儿穿得跟双胞胎似的，或许她在她们小的时候，确实是那样做的。但是，进一步了

解她们之后，我认为阿尔娃天生是个追随者，而阿希苓显然是一直被模仿的那个。现在，阿尔娃也开始模仿我了。我从来没想到她会想模仿我，但之前，我从未有过小妹妹。我并没有把她当做我的妹妹。对我来说，阿希苓和阿尔娃只是也住在这房子里的令人讨厌的两个女孩。

不过，还是回到刚才的话题，讲讲马丁靴的事。昨天，我放学回家，像往常一样上楼到自己的房间去换掉讨厌的校服。我穿回自己的黑色衣服，却哪儿也找不到我的靴子。我在床下摸来摸去地找，还看了看椅子底下，衣橱下面，甚至壁炉里——壁炉没有在用，所以有时候我把鞋随意地放在那儿。但是哪儿都没有找到靴子。我放东西挺马虎的，所以我没有想到是有人拿走了，我只是想一定是自己愚蠢，把它们放在什么地方，暂时找不到了。有时候，我想把脚抬起来看电视，就会把鞋脱在电视机前。即使我这样马虎，我也一点都不会邋遢地把鞋子随便扔在沙发上。那毕竟是妈妈的沙发，应该加以爱惜，为了尊重妈妈。她是个非常以自己家为荣的人，我想我曾经提到过这一点。

我没有在意靴子，穿上一双拖鞋，就出去做功课了。但是当我上床睡觉的时候，我发现靴子就在我的床底下，整整齐齐地摆在那儿。我知道先前它们不在那里。唯一的解释就是，有人在我找过靴子之后把它们放回去了。我还是没有多想，以为玛格丽特在屋子里的什么地方看到了，于是就好心地把它们放回到我的房间里。事实上不是真的出于好心，而是出于爱整洁的强迫症。她把我的靴子放回来是因为她不能忍受它们放在其他任何地方。但这只是从理论上来解释，后来吃早饭的时候，我随意向她提起这件事，才知道靴子不是她放的。

“不是妈妈，”阿尔娃突然说道，“是我放的。”

“你?”我有点不敢相信地说。阿尔娃天生不是很爱整洁。

“是的,我借走它们,穿到莎拉家去过,后来再放回去的。”莎拉是她的一个朋友。

“你说什么? 你问都没有问我,就借我的靴子穿了? 你走进我的房间就那样把靴子拿走了?”阿尔娃点点头,嘴巴里塞满了烤面包。从她说话的方式,很显然她一点都没有想到她那样做会让我恼火。她这种想当然的态度,认为我的东西就是摆在那儿随便让她借的想法,只能让事情更糟糕。

“你怎么敢那样做! 你真是厚颜无耻!”我气得发抖。一想到这个小调皮溜达到我的房间,随意拿走她喜欢的东西,我就怒火中烧。我讽刺地说:“我想我的靴子,对于你那小巧精致的脚来说,不是太大了吗。”

“不,不是太大,”阿尔娃尽量显得若无其事,“我当时那样说,只是在开玩笑。”

“只是开玩笑?”我一边说,一边趴到早餐桌上。我咬紧牙关,从牙缝里挤出话来,“以后你再也不准从我那儿拿走其他任何东西,没有我的明确允许,再也不准走进我的房间。”我敢肯定,当时我的脸已经气得发紫。“不要再用你那贪婪的小手染指我的任何东西。任何东西!”我向她咆哮道。即使是在朝她发脾气的时候,我还很自豪自己用了贪婪这个词。“而且,我不是在开玩笑。我是认真的,阿尔娃。”

接着,我的脾气真的失控了。我发脾气不再是因为靴子,甚至也不再是因为有人随便闯入我房间。我发脾气是因为所有发生的这一切:爸爸背叛妈妈,玛格丽特的怀孕,这场婚姻,我们被迫都住在一起,被迫分享这个房子,我的房子——我们的房子——住着这些陌生人,我从来都

不想要的继母和异父异母的姐妹，玛格丽特神经质的洁癖，冰箱上的小磁铁，玛格丽特的那种行为，随心所欲地从邻居家的苹果树上摘苹果，好像她拥有苹果树、拥有这个花园、拥有爸爸，甚至她跟罗比谈论如何做苹果冻的方式，就好像她是一个正常、普通的母亲，为款待女儿的男朋友而闲聊，她担当各种角色，任何其他角色，可就不是我的亲生母亲。我开始朝阿尔娃咆哮起来，是那种真正的咆哮。我站在那儿，穿着校服，手上拿着一片烤面包和果酱，咆哮着。“你明白吗？明白吗？明白吗？”我胸口很痛。后来我意识到，我这样大声地向阿尔娃尖叫伤了自己的肺。而这整个过程中，阿尔娃一直只坐在那儿，疯狂地咀嚼面包，这使我更恼火。她不是故意那么做的，甚至是在我生气的时候，我也知道她不是故意那样做的，嚼面包已经成为一种机械运动，那是她因为我的暴怒而感到恐惧造成的。我可以听到玛格丽特叫我爸爸的声音，要他赶紧下楼来，他女儿情绪失控了。她的叫喊声里带着哭腔，听起来非常惊慌失措，阿尔娃泪如雨下，而我还是继续朝她咆哮，停也停不下来。

于是，阿希苓站了起来，坐到阿尔娃边上，她身子前倾，趴在早餐桌上，两手抓住我的头发，就像我曾经对待艾玛·奥玛拉一样，不同的是我的头发更长一点，可以更好地承受这样的拉扯。她很用力地把我的头发同时向不同的方向拉、让我感觉像下地狱般的痛。我把烤面包扔了，它刚好砸在阿尔娃的脸上，但我不是故意想那样做的，它后来落到了她的鼻子上，我才意识到面包砸到了她脸上。我把两只手举起来，用手指甲抓阿希苓的手背，一边朝她大喊：“放开，放开，放开我，你这个泼妇。”

“不，”她也朝我喊道，“不放，除非放过阿尔娃，否则我不放。放过阿尔娃，放过她。”

“好吧，好吧，但你得放手！”她就真的迅速松开了手。透过泪眼——不是因为气愤或者后悔而留的泪，只是那种你感觉很痛的时候眼睛里自然涌上的泪——我看到她两个手背被抓得一塌糊涂，有很多道细细长长的红印子，断断续续地冒出血珠。我揉自己的头，她用嘴吮吸那些血迹，而这就是爸爸到厨房来看到的情景(他现在不再是第一个起床的人了)。他坐到餐桌边，用手支着头，俨然一副很典型的父亲的样子。玛格丽特坐在他边上，手不停地捻她戴着的一块丝巾，低声喊道：“姑娘们，姑娘们，哦，姑娘们。”整个一个懦弱的人。我很庆幸，她不是我妈妈。

我首先止住了哭泣。“对不起，阿尔娃，”我大声说道，这样他们全都听到了。“我不应该朝你大喊大叫，但你得明白你不应该那样做的，对吗?”这时候，阿尔娃大声哭起来，不过她点了点头。“我不是阿希苓，”我继续说道，“你不能像拿她的东西那样把我的东西拿走。这是我的家，而在我自己的房间里我有隐私权。”一说到这里，我感觉怒气又从嗓子眼冒上来。这时，阿希苓开口说话了。她说得非常平静：“闭嘴，辛迪，你闭嘴。”

我简直不敢相信自己的耳朵。“你说什么?”我说。

“闭嘴，辛迪，”她更大声地说，“闭嘴！我们都讨厌死你了，我们都听腻了你说的话，你的家你的东西你的爸爸你的丧母之痛，以及你该死的感受，所以，现在请你闭嘴，从此不要再说了。不就是一双靴子，说起那靴子，那就只是一双很难看的靴子。”

“留着你对靴子的见解吧，”我朝她咆哮着说，于是我又开始咆哮起来。这次是爸爸阻止了我，他没有拉扯我的头发，只是用手挡住我的嘴。我继续尖叫着，试图咬他的手，但他的手紧紧地捂住了我的嘴，我最终停

止了叫喊，开始啜泣起来，用头敲厨房的桌子，头发上沾满了果酱。当我抬起头的时候，阿希苓和阿尔娃已经离开了。我不知道她们是去学校了，还是只回到了自己的房间。玛格丽特还在那儿，她看上去脸色很苍白、憔悴。我感觉糟透了，还是很气愤，但也为自己的行为感到内疚和羞愧。我这次发脾气，不像通常那样，可以受自己的控制。这次，狂怒似乎像暴风雨一样控制了我，而不是我控制自己的脾气。

“来喝点水吧。”爸爸说，一边递给我一杯水，一张餐巾纸和两粒白色药片。“吃了药，然后上床去睡一个小时，就好了。”我擦干眼泪喝水，但拒绝吃药。

“我不吸毒。”我轻蔑地说。

“扑热息痛药片不是毒品。”爸爸叫嚷道。

“它是，”我生气地说，“你没必要叫嚷。”

“不用你来跟我说要不要叫嚷，”他说道，但还是降低了声音。事实上，他很生气地小声跟我说话。我想，他已经气坏了。当你想到，一直以来他都显得那么的彬彬有礼，现在这样算是有点粗鲁了。然后，他叫玛格丽特也回床上去休息。她看上去脸色非常苍白，而且全身发抖，我真的有点为她感到难过，但这种局面有一部分也是她造成的。当你侵入别人家时，情况就会变成这样。“我会打电话给学校，说你们俩课间休息之后再到学校去。”爸爸说。

我躺在床上，却睡不着。通常好好地哭过一场之后，你会很容易就睡着，但这次我的头很疼、很重，我的脑子却很兴奋。或许，我应该吃那两粒药片的。

一个小时后我就起来了。我的眼睛刺痛，好像有个傻瓜不停地敲我

的头。我用冷水洗了把脸，冷水让我浮肿的眼皮感觉非常舒服。我还梳理了头发，这时我才发现，头上有果酱。然后，我下楼，安静地坐在客厅里等玛格丽特。

吵架应该起到一种宣泄作用。（也就是说，吵架当时是很粗暴的，但它最终会净化你的身心，就像是基督教的四旬斋或天主教的炼狱或希腊的悲剧故事所起的作用一样。我在一篇有关莎士比亚的论文中读到过这种思想——今年我们的英语课上确实读了些很不错的文章。）但是，现实生活中似乎不是这么回事。我根本没有感觉自己得到了净化，只是觉得筋疲力尽。我原先不知道阿希苓是那样看我的，当她说那些话的时候，我感到非常惊讶。我本以为，或许最终我们不会成为朋友，但至少可以互相忍受对方，可以从另一个人的角度看问题。但也许她并不是真的因为我才那么发怒。我打赌她所有的那些怒气都源自于她妈妈，那个愚蠢的女人。她自己是个受害者，却浑然不知。

不过，有那么一小段时间，我们生活得几乎有点像一家人。这的确是那种家庭成员间的吵架，但这种感觉并没有持续多久，我们又变得相互很有礼貌。也许生活就是这样——开始一小段时间，我们表现得像一家人，然后我们想起了自己原来的身份，就又开始对彼此很客气，而后，渐渐地我们会忘记原来我们不是一家的，就不再对彼此客气了，最后，我们都会安下心来，成为一般的正常家庭——一家人一起生活，经常吵架。也许作为一家人，就是这样的。也许，这不只是玩猜字谜游戏和去参加家长会那么简单。也许，作为一家人，不只会为鞋子和为谁坐在车后座中间的位置上而吵架。也许，我们不算是一家人，也不可能成为一家人。

不管怎么说，吃晚饭的时候，我们都相互道了歉，说了些漂亮话，每

个人都抢着说那是自己的错。阿尔娃说，全是她的错，她不应该拿我的靴子，这的确是的。但我说，不，是我的错，我不应该反应过激，我心里当然不是那样想的，可我不会让别人比自己更谦虚。接着，阿希苓说，对不起，她也不应该参与进来。而玛格丽特说，她应该事先就让阿尔娃知道不要随便拿我的东西，因此真正的过错在她。只有爸爸没有加入我们的忏悔。当时，我没有留心，但现在回头想想，我认为其实全都是他的错。难道不是吗？我是说，如果不是他让玛格丽特怀孕，那么所有这一切都不会发生，他们也不会结婚，阿尔娃也不会住在这儿，她就不会随便借我的马丁靴穿，所以，这真的全是爸爸的错。这一切令人痛苦的事情全是他的错造成的。唉，爸爸，你怎么做出这种让我难过的事情？这一切太令人伤心了，我恨这所有发生的一切。我想回到从前，恢复以前的生活，即使是回到妈妈刚刚去世后的日子也是好的。至少那时候，只有你和我。

十一月二十八日　星期五

当然，从另一方面来说，如果这一切从来没有发生过，如果爸爸没有跟玛格丽特结婚，那么那晚我就不可能住到伊梅尔达那里去，我也不会遇到罗比。值不值得用这些来换取跟罗比的相遇呢？我不会那么狠心，但罗比真的很有意思。他人确实很好，风趣、善良，而且吻功了得。长得也很不错，头发卷卷的，总是满脸笑容。当然，我得说，他没有红休先生帅，但他很有趣。有个男朋友真不错，即使他不是真正的男朋友。不仅

是不错，而且还发展得很快。我想，明天早上我就会给他打电话。

十一月三十日　星期日

昨晚我跟罗比出去约会了。我穿了件阿希苓借给我的套头衫。这是我第一次真正意义上的约会，我征求爸爸的同意，他说："好，好，他看上去是个好男孩，但是，一定要在十一点半之前回家。"

我还以为要取得他的同意会颇费一番工夫。我原想爸爸们总是会说，除非我死了，从我身体上跨过去，否则再不许踏进我的家门。也许他只是因为我可以暂时离开家一会儿而感到高兴。今晚，罗比没有骑摩托车来。他其实没有摩托车，那是杰的车，有时候借来骑一下而已。他是骑自行车来的，他把它锁在了我家后院的排水管上，然后我们坐公交车去商业中心。亨利大街的灯全亮了，那是欢度圣诞节的灯。我不喜欢这么早就到处充满圣诞节的气氛，但是，明天就到十二月份了。灯光很美丽，看起来像仙境一样。天气挺寒冷的，这让灯光更加闪闪发亮。尽管店家都关门了，但商业中心的人还是很多。我们去灯塔电影院看了场电影，是法语片，我想那应该是十八岁以上的人看的，但我看不出有年龄限制的必要。这部片子没有暴力或色情或其他不好的内容，尽管有些涉及性的镜头，但拍得挺高雅的。不过，我都快十六岁了，看看这些也没什么。看完电影后，我们往半便士桥走去，手拉着手——我喜欢拉手，这几乎是今晚最开心的时刻——站在桥上，往下面的河水望去，灯光映在水里，闪闪烁烁，波光粼粼。后来，我们轻松地越过半便士桥，飞快地穿过

马路，跑入通往圣殿酒吧区的招商拱门。然后，我们挤在圣殿酒吧区的人群中闲逛。除了亮着的街灯让你意识到这是夜晚，其余的一切都像还是中午一样。

十点三十五分的时候，我们等公交车回家。在公交车站等车挺冷的，罗比用双臂抱住我，让我觉得暖和些。在他的臂弯里，我感觉既安全又温馨。“只要是在车站，我们就感到很开心，不是吗？”

他说：“是啊，在公交车站我们特别快乐。”他又用力紧紧地拥抱了我一下，还吻了吻我的额头。我觉得自己受到了保护，很幸福。这真不错，这就是我想要的，人就是这样长大的。当你不再是小孩子以后，生活就是这样的。这就是我，跟我自己选择的人在一起，做我自己选择做的事情，而不仅仅是想念妈妈或憎恨爸爸，为阿希苓或阿尔娃而烦恼，对玛格丽特缺乏耐心，考虑即将出生的婴儿。这就是我，做我自己的事，跟我自己真正喜欢的人在一起。这种感觉真的好极了！将来有一天，我要过上那样的生活：住在自己的房子里，拥有自己的朋友，掌控自己的生活，选择自己要与之共同生活的人和自己要去的地方，就像伊梅尔达一样，自由自在。

这时候，车来了，我们上了车。车缓缓地朝家的方向驶去。

你肯定不相信。阿尔娃刚才告诉我，阿希苓也写日记。我想不出她会写些什么。她的生活中好像没有什么事值得一写。不过，我倒挺想看看她的日记。就是想知道，这位古板小姐是怎么看我的。大概她会认为，我这人其实蛮不错的吧。